엄마를 팝니다

엄마를 팝니다

조서정 지음

달아실

하늘 천자 별 규자

죽어서도 별이 되어 나를 지켜줄

내 엄마 박천규 여사에게

작가의 말

아버지의 여자였던
엄마를 훔친 죄
뒤늦게 용서를 구합니다.
사남매의 엄마보다
아버지의 여자였을 때 더 곱게 빛났던
우리 박천규 여사님
사랑합니다.

그리고 세상 모든
아버지! 어머니! 사랑합니다.

2024년 4월

조서정

차례

2부. 엄마를 팝니다

3부. 엄마! 나한테 얼마만큼 미안해?

4부. 그리움의 거처를 옮기다

1부

돌부처도 시앗을 보면 돌아눕는다

니 아버지 먼저 가면 나 무서워서 어떻게 산다냐
대문 없는 집에서도 평생 맘 편히 잘 살았는디
니 아버지 가면 얼마 안 있다 바로 따라가든지
아니면 제일 먼저 대문부터 해 달아야 쓰겄다
제삿날 받아놓은 아버지 곁에
새색시처럼 바싹 달라붙어 있는 칠순 엄마가
처음으로 여자로 보였다
— 졸시 「문단속」 부분

그날

저녁마다 창출을 다듬던 엄마는 우리를 앉혀놓고 많은 이야기를 들려주셨다. 지금까지 가장 많이 생각나는 이야기는 '물 좋고 정자 좋은 곳 없다'는 옛날이야기다. 지금도 이 이야기를 삶에서 되새길 때가 많다. 어린 시절엔 엄마가 해준 이야기들이 그저 옛날 이야기라고만 생각했는데 나중에 보니 정민 교수의 『한시 미학 산책』이란 책에 있는 내용도 있었다.

나는 자라면서 화장하는 엄마 모습을 본 적이 없다. 엄마는 동네 이장 일에 새마을지도자까지 도맡아 하는 아버지를 대신하여, 농사일을 혼자 전부 감당하면서 틈틈이 산에서 약초를 캐서 씻고 다듬고 찌고 말리고를 반복하며 가난한 살림살이를 꾸려왔다.

아버지는 본래 귀하게 태어난 분이라 시골 출신답지 않게 일하는 법을 잘 몰랐다. 아버지가 잘하는 일은 남의 집 등기 서류나 편지 대필, 탄원서 작성, 보증 등과 같은 대민봉사에 집중되어 있었다. 그래서 아버지한테 집안 경제는 관심 밖에 분야였다. 거의 평생 한량으로 살다 가신 아버지가 느지막이 외산에 있는 노인요양병원에 다닌 적이 있었다. 아버지는 요양병원에서 온갖 잔업을 도맡아 하면서도, 화려한 말발과 착한 천성으로 요양보호사 동료들과도 친하게 지냈던 것 같다. 그러던 어느 날, 아버지가 밤새 어느 낯선 길목을 헤매다가 다음 날에 들어온 적이 있었다.

그날은 하필 내가 애 아빠랑 친정에 간 날이었다. 아이들은 마당에 나와 뛰어다니고 있었고 엄마는 가을 햇살이 좋다며 마당에 고추를 내다 널고 있었다. 그때 밤새 어디서 헤매다가 집에 들어온 아버지가 아무렇지도 않게 밤 자루를 토방에 털썩 내려놓았다. 그러자 헛간 근처를 어슬렁거리던 도둑고양이들이 토방에서 나는 소리에 놀라 쏜살같이 어디론가 도망쳤다. 나는 조용히 엄마의 표정을 응시했다. 엄마가 뭐라고 하실까? 혹 아버지하고 싸움이라도 붙어서 사위 눈에 친정 부모님이 우습게 보이면 어떡하지? 이런 고민을 잠깐 했던 것 같다. 그 순간 애 아빠는 무슨 재미있는 구경거리를 찾았다는 듯이 야릇한 기대감에 부풀어 있었다. 아무것도 모르는 천진난만한 애들은 신이 나서 외할아버지의 팔을 붙잡고 매달렸다.

그런데 엄마의 반응은 우리의 예상을 깨고 너무도 평온한 얼굴이었다. 아버지와 눈빛 인사를 가볍게 나눈 엄마는 다시 고추를 멍석에 너는 일에 집중했다. 그런 엄마 곁으로 다가선 아버지가 혼자 겸연쩍어하면서 그러는 거였다.

“밤새 매기 가서 밤 줍느라 이제 왔어. 밤이 얼마나 많이 떨어졌는지 밤새 주웠어도 다 못 줍고 왔네! 그려.”

아버지의 헛기침 소리에도 엄마는 묵묵부답 아무런 반응이 없었다. 그걸 보고 있던 애 아빠가 불장난을 하고 싶었는지 한마디 거들었다.

“아이고! 장인어른이 새 장모님 댁에 다녀오셨나 봐요.”

사위가 능청을 떨어대도 엄마는 못 들은 척, 하던 일에만 집중했다. 고추를 마당에 다 널은 엄마가 아버지 좋아하는 반찬 몇 가지를 후딱 만들어서 저녁상에 올렸다. 보통 다른 집안에서 이런 일이 있었으면 한바탕 난리가 나고도 남을 상황인데 그날 엄마의 평정심은 전혀 흔들림이 없었다. 그때 어디선가 날아온 고추잠자리 몇 마리가 담장 위에 앉아 우리 집을 염탐하다가 김샜다는 듯이 다시 어디론가 날아갔다.

엄마가 그 이야기를 아버지가 돌아가신 후에 조심스럽게 꺼내기 전까지는 나도 아버지의 외박 사건을 지나간 바람처럼 오랫동안 잊고 살았다.

첫날밤

당시 근동에서 참하다고 소문난 엄마를 며느릿감으로 탐내는 집안이 많았다고 한다. 좀 잘사는 집안에서 엄마를 며느릿감으로 점찍어놓고 혼인 말을 건넸다는데, 외할아버지가 양반이 아니라고 단칼에 거절했다는 일화도 있다. 여하튼 중매쟁이가 엄마와 아버지 사이를 오가며 뻥튀기 작전을 펼친 결과 두 집안의 혼사가 결정된 후에 있었던 일이다.

당시 스물한 살, 스물두 살이던 엄마 아빠가 혼인 사흘 전에 약혼 선물을 사러 새재고개를 넘어 은산장에 간 날이었다. 외할아버지는 남녀칠세부동석인데 아무리 혼인을 앞뒀다고 해도 처녀 총각 둘만 보내는 것이 불안하셨는지 둘째외삼촌을 딸려 보냈다고 한다. 그날 엄마는 둘째외삼촌을 앞세우고 간 은산장에서 머리를 하고 약혼 선물을 샀다고 한다.

"나는 수놓아서 번 돈으로 니 아버지한테 근사한 혁대를 사 줬어. 그리고 내가 이 정도 해줬으니 하다못해 구리반지라도 사 줄까 싶어 내심 기대했어. 그런데 니 아버지는 달랑 싸구려 핸드백 하나랑 수놓을 때 쓰는 자 하나를 사 주더라. 표현은 안 했지만 속으로는 서운하더라."

"그런데 그때는 혁대 이런 걸 약혼 선물로 사줬어?"

"응 그랬어. 그런데 더 웃긴 게 뭔지 아냐?"

"뭔데요 엄마?"

"니 아버지가 약혼 선물이라고 나한테 사 준 것도 집에 있는 검은콩 한 말을 내다 팔아서 해준 거래. 그것 때문에 니 할머니가 니 아버지한테 그러셨대. 혼례도 올리기 전에 지집한테 빠져서 정신을 못 차리는 놈이라고…."

그러고 보면 친가 형편이 외가에 비해 많이 어려웠던 것 같다. 그나마 아버지가 규암 종조할아버지 댁에 나가 살면서 중학교까지 다닌 것은 시골에서는 금의환향 정도로 해석될 수 있는 부분이다.

어쨌든 그날 스물두 살 우리 아버지는 속으로 어떻게든 저 귀찮은 방해꾼을 따돌리고 약혼자와 밤을 보내려는 속셈만 마음에 가득 차 있었던 것 같다. 그런데 눈치코치 없는 둘째외삼촌이 외할아버지의 명을 받들기 위해 두 사람 꽁무니를 졸졸 따라다녔다고 하니 얼마나 얄미웠을지 짐작이 되는 대목이다. 그래서 마침내 묘수를 생각해낸 아버지가 둘째외삼촌한테 맛있는 것을 사 주면서 먼저 집에 가라고 꼬드겼다고 한다.

그날 먹을 것에 눈이 먼 둘째외삼촌은 외할아버지의 당부를 내팽개치고 홀라당 집으로 돌아가고 드디어 둘만 남은 상황이었다. 둘째외삼촌을 먼저 집으로 돌려보낸 아버지가 이런저런 핑계를 만들어 시간을 끌었던 것이다. 그러고는 해가 넘어가고 어둠이 깔릴 즈음에 과년한 처녀 총각이 새재고개를 넘어오는데 산짐승 울음소리가 칠흑 같은 밤길에 융단처럼 쫙 깔리더란다. 엄마가 귀신 나올 것 같은 공포에 떨며 약혼자 옆에 딱 붙어 산길을 넘어오는 그 순간에도 아버지는 오로지 엄마를 넘어뜨릴 생각뿐이었으니….

스물두 살 총각의 정열은 당장 호랑이한테 물려갈 것 같은 공포마저 다 집어삼킬 만큼 강했던 것일까? 결국 엄마는 혼인 사흘 앞두고 깜깜한 산길에서 약혼자가 깔아준 와이셔츠를 원앙금침 삼아 불한당 같은 약혼자한테 여자를 도둑맞았다고 한다. 그래서 엄마의 첫날밤은 한 치 앞도 보이지 않는 어둠 속에서 눈 깜짝할 사이에 여자를 도둑맞은 날로 평생 기억되었다.

중매쟁이의 뺑튀기

"그때 당신이 나를 보자마자 방으로 숨지만 않았어도 좋았을 것인디."

아버지는 가끔 잊을 만하면 옛날이야기를 밥상 위에 올리곤 하셨다. 그런 아버지를 대하는 엄마의 반응은 늘 시답잖다는 표정이었다.

"그럼 처음 보는 사내가 부엌으로 쏙 들어오는디 방으로 숨는 게 당연하지. 뭘 그걸 지금까지 우려먹는대유. 그게 언제 적 일이라고."

내가 태어나기 전 두 분이 외갓집에서 처음 만난 장면이다. 엄마한테 아버지의 첫인상은 그냥 무섭게 생긴 사내였다. 아버지는 외갓집 아궁이에서 재를 퍼내다가 잿가루를 얼굴에 다 뒤집어쓴 얼굴로 잠깐 부엌에 물 뜨러 나온 엄마와 첫 대면을 한 것이다.

엄마에게 아버지에 대한 첫인상을 물으면 언제나 같은 대답이다.

"끌리는 부분이라고는 눈을 씻고 봐도 찾을 수 없는 얼굴이었어."

이런 짧은 에피소드를 평생의 연애사로 기억하고 있는 엄마는 겨우 5분 거리에 있는 아버지한테 시집을 왔다. 그 짧은 거리가 얼마나 멀었던지 두 사람은 혼인 말이 오가기 전까지 얼굴 마주칠 일이 없었단다. 그래서 아버지는 당신한테 시집온다는 색시를 보기 위해 손수 지게 지는 일을 자청하면서까지 어렵게 기회를 만든 열정 청년이었다.

엄마는 그런 아버지 마음도 모른 채 귀신이라도 본 표정으로 방으로 달아나 꼭꼭 숨어버린 것이다. 아버지는 당신한테 시집오기로 한 처녀랑 이야기라도 나누고 싶어 찾아간 것인데, 엄마는 그런 마음도 몰라준 채 어렵게 만든 기회를 싹부터 밟아버렸다.

전혀 다른 성향의 두 사람이 결혼하게 된 데는 두 집안을 접착제로 딱 붙여준 중매쟁이의 공이 컸다. 예로부터 중매를 잘하면 양복이 한 벌이고 잘못하면 뺨이 석 대라는 말이 있다. 그런데 이 중매쟁이는 혼례를 성사시켰으니 한복 한 벌은 충분히 얻어 입었을 것 같다.

엄마와 아버지를 이어준 중매쟁이는 신랑감 정보에 참기름을 팍팍 쳐서 소설가 뺨치는 언변으로 이야기를 창작했다고 하니, 지금으로 치면 신춘문예에 당선되고도 남을 실력이었다.

"누군지 모르지만 조 씨네로 시집오는 처녀는 시집만 오면 바로 대도시에 나가서 편하게 살 수 있다니까. 글쎄 부여 작은아버지가 장조카 결혼하면 주려고 논 열 마지기하고, 대궐 같은 집을 사놨다는 거야. 누군지는 모르겠지만 그 여자는 복이 넝쿨째 굴러 들어오는 거 아니겠어. 이 근동에서 이렇게 좋은 신랑감을 어떻게 구하겠어. 쉽지 않지, 쉽지 않아 암만."

외할아버지는 그동안 당신 딸을 실컷 부려먹은 미안함을 좋은 혼처를 골라 시집보내는 걸로 상쇄하고 싶었던 것 같다. 그래서 당신 딸이 부잣집에 시집가서 편히 살길 바라는 마음으로 고심 끝에 혼처를 고르고 또 고른 것이다. 그런데 현실은 외할아버지의 기대와 달리 고생문이 열리는 지름길이었으니 외할아버지 마음도 지옥이었을 것 같다. 오죽했으면 외할아버지가 돌아가시기 전에 엄마 손을 꼭 잡고 이렇게 말씀하셨다고 한다.

"아비가 미련해서 너를 가난한 집에 시집보내 온갖 고생 다하게 해서 이 아비 마음도 미어진다. 이제 와 되돌릴 수도 없는 일이

니 어쩌겠냐? 그래도 조 서방이 심성은 착한 사람이니 애들 커가는 거 보면서 살아라. 애들이 크면 괜찮을 테니!"

돌아가시는 그 순간까지 엄마를 걱정하신 걸 보면 외할아버지도 마음이 편치 않았던 모양이다.

백마강 난간에 서다

21년 동안 고이 간직해온 처자의 순정이 깜깜한 새재고개 산등성이에서 허무하게 뭉개졌다. 물론 평생 남편으로 모시고 살 남자와의 첫날밤이었지만, 그래도 스물한 살 꽃다운 처녀가 상상했던 첫날밤에 대한 환상까지 없었던 것은 아니었다. 약혼자한테 무참히 짓밟힌 첫날밤의 환상을 뒤로하고 엄마는 사흘 뒤에 아버지와 혼례를 치르고 신접살림을 차렸다.

그런데 두 사람이 신접살림을 차린 곳은 중매쟁이가 얘기한 작은아버지가 마련해놨다는 읍내에 있는 대궐 같은 기와집이 아니었다. 옛말에 친정하고 뒷간은 멀어야 한다고 했는데, 보란 듯이 친정에서 5분 거리에 있는 시골 오막살이였다.

오막살이집에는 여덟 살 시누이와 그 위로 머리 큰 시동생 둘 그리고 몸 불편한 시어머니와 시아버지가 기다리고 있었다. 친정아버지가 고르고 골라 보낸 곳이 굶주린 호랑이 굴보다 못했으니 새댁은 이미 신혼의 단꿈에 대한 희망을 상실한 상태였다.

이미 결정된 운명이니 되돌릴 방법은 없고 정붙여 살 궁리를 해야 했다. 새댁이 호랑이 굴에서 찾아낸 유일한 아군은 방금 혼례를 치른 신랑이었다. 그 순간 못생긴 신랑이지만 살짝 멋져 보이는 콩깍지가 끼려는 순간이었다. 그런데 얄궂은 운명은 못생긴 신랑과 정붙여 사는 것조차 쉽게 허락하지 않았다. 혼례 치른 지 석 달 만에 신랑이 군대로 내빼버린 것이다.

그 상황에서 새댁한테 유일한 구원군은 자상하고 따뜻한 시아버지였다. 본디 애처가로 정평이 났던 시아버지는 가난한 집에 시집온 며느리를 엄청 귀히 여기셨다.

"니 할아버지는 나보고 아가라고 부르셨어. 시집오던 해에 내가 고추장을 푸러 장독대에 갔다가 미끄러져 장독 뚜껑을 깨뜨렸어. 시어머니가 알면 된통 혼나겠다 싶어 걱정하고 있었는데 니 할아버지가 중간에서 할머니한테 얘기를 잘해서 무사히 넘어갔어. 그래서 내가 지금도 니 할아버지 제사를 정성껏 모시는 거야."

며느리를 무척 예뻐해준 할아버지가 있었기에 엄마는 군대 간 남편 없이도 시댁에 그럭저럭 적응할 수 있었다. 그런데 이런 행복도 오래 가지는 못했다. 엄마가 시집와서 채 1년이 안 됐을 즈음에 배앓이를 앓던 할아버지께서 돌아가셨다니 엄마의 복은 딱 거기까지였다.

시부상을 치르고 보니, 아홉 살 된 시누이와 장성한 시동생 둘 그리고 다리 불편한 시어머니가 며느리만 바라보더란다. 그 와중에 할아버지 3년상을 모셔야 하는데 할머니는 무섭다고 할아버지 제사상 근처에도 안 가더란다. 그래서 엄마가 오롯이 시아버지 3년상까지 혼자 모셨던 것이다.

아버지는 마이크만 잡으면 말을 청산유수로 잘하는 재능을 타고난 분이었다. 그래서 군에서 대북 방송을 하면서 타고난 재능을 맘껏 발휘했을 정도다. 군대에서 타고난 재주를 인정받았던 아버지는 동기들이 서울에 가서 유랑극단 일을 같이하자는 제안을 뿌리치고 허겁지겁 신부 곁으로 돌아온 순정파였다. 한마디로 하늘이 준 기회를 버리고 엄마를 선택한 것이다. 엄마는 세월이 많이 흐른 뒤에 그 당시 상황을 이렇게 회상했다.

"뭐가 못 미더워 촌구석으로 내려오냐고, 그냥 서울에서 돈이나 벌어왔으면 더 좋았을 것인데 말이여."

여하튼 군대 간 신랑이 돌아왔으니 이제 좀 한시름 놓나 싶었다. 그런데 항상 당연한 믿음조차 배신하는 것이 사람의 사주팔자다. 아버지가 돌아온 뒤에 엄마는 한시름 놓기보다는 혼인 7년이 지나도록 아기를 못 낳았다는 참혹한 현실과 마주했다.

그렇다고 아예 임신이 안 된 것도 아니다. 손만 잡고 자도 임신이 될 나이였으니 순조롭게 아기는 잘 생겼지만 뱃속에 든 태아가 엄마 뱃속에서 열 달을 못 견딘 것이다. 한 번, 두 번 유산 횟수가 늘어나는 만큼 할머니의 원성도 태산처럼 커져만 갔다.

물론 반복 유산에는 분명 다 이유가 있었다. 집 안에 일하는 사람이 없으니 만삭의 임산부가 들에 나가 논에 엎드려 김매고, 뙤약볕에 앉아 담뱃잎이라도 따야 식구들 입에 풀칠이라도 할 형편이었다. 그랬으니 태아가 열 달을 못 견디고 유산된 것은 어쩜 너무도 당연했다. 그래도 할머니는 쉴 틈 없이 일에 빠져 사는 며느리 생각은 못 하고, 왜 매번 죽은 애만 낳느냐며 엄마를 닦달한 것이다.

"너는 남의 집 대를 끊어놓으려고 시집왔냐? 애 못 낳을 것 같으면 남의 집 대 끊어놓지 말고 어디라도 가서 뒈져버리던지."

엄마는 그 순간에도 할머니가 퍼붓는 모진 소리를 외할머니가 근처를 지나다가 들을까 봐 장독 뒤에 숨어 혼자 설움을 삭혔다고 한다. 그렇게 하루하루를 견디던 엄마는, 남의 집에 시집와서 애 하나 제대로 못 낳을 거면 차라리 나가 죽으라는 시어머니 말에 따라 죽을 결심을 하고 백마강 난간에 올라섰다는데….

"내가 강물에 막 뛰어들려는 그 순간, 니 외할머니 얼굴이 강물 위에 보이더라. 내가 죽으면 불쌍한 울 엄니 어떻게 살까 싶어 강물에 빠져 죽으려던 마음을 고쳐먹고 다시 집으로 돌아왔어. 내가 안 죽고 살아 니들을 낳는 바람에 니들이 힘든 세상 살아내느라 고생이 많은 거여."

"엄마는 별 소릴 다 하시네요. 엄마가 그때 안 죽고 살아서 이렇게 우릴 낳아 잘 키워주셨으니 우리가 엄마한테 너무 감사하죠."

내 말에 엄마가 환하게 웃으셨다.

받아쓰기

"큰애, 너 듣고 있냐?"

추석날 오후 아들들이 썰물처럼 빠져나간 빈자리를 혼자 외롭게 쓰다듬고 있는 엄마를 위로하기 위해 술상을 봐 들고 들어가서 소주를 권한 적이 있다. 평소 술을 못 드시는 엄마는 그날 소주 석 잔에 얼큰하게 취기가 올라왔다. 이런저런 이야기를 주거니 받거니 하다가 우리 4남매 낳던 날을 기억하시냐고 여쭤봤다. 그랬더니 엄마가 기다렸다는 듯이 이야기를 술술 풀어놓기 시작했다.

엄마가 처음 들려준 이야기는 두 번의 난산 끝에 얻은 첫아들인 오빠를 낳던 날의 이야기다. 엄마 말씀에 따르면 열 달 만에 아기가 자궁 밖으로 나오기 위해 꿈틀거리기 시작했을 땐, 죽을 것 같은 진통도 마냥 행복했단다. 그동안 내리 유산만 거듭하느라 처음 느껴보는 진통이었다.

"이런 것이 진통이구나! 그때는 목숨을 쥐락펴락하는 진통마저 행복했어! 내가 진통을 느끼는 것은 아기가 살아서 밖으로 나오겠다는 신호였으니까."

꽤 오랜 시간의 진통 끝에 드디어 출산 기미가 보이자 외할머니가 엄마 다리를 붙잡고 힘을 줘보라고 소리쳤다. 엄마의 아랫도리에 힘이 들어가는 동시에 아기 머리가 살짝 보이면서 외할머니는 더 큰소리로 "아가! 힘! 한 번만 더 줘보자." 하면서 저승 문턱에 서 있는 딸의 손을 붙잡고 애원했단다. 힘주라고 외치던 외할머니의 아랫도리에도 동시에 힘이 들어갔다고 하니 긴박했던 당시 상황이 눈앞에서 훤히 펼쳐지는 것만 같았다.

그런데 얄궂은 인생사처럼 금방 나올 것 같던 아기가 무슨 마음을 먹었는지 다시 엄마의 자궁 안에서 버티기에 들어갔던 것이다. 외할머니는 안 나오려고 버티는 아기와 죽을힘을 다해 줄다리기를 하느라 실신 직전까지 간 딸을 지켜보다가 우선 손자부터 살려야겠다는 판단에 극약 처방을 선택했단다.

"거기 조 서방! 어디 가서 사금파리 좀 찾아와 봐?"

결국 그날 외할머니는 태아를 무사히 꺼내기 위해 엄마의 좁은 산도를 날카로운 사금파리(사기그릇의 깨어진 작은 조각)로 힘껏 긋는 초강수를 뒀다. 그렇게 외할머니는 공간을 확보한 후 태아의 머리를 겨우 밖으로 끌어낼 수 있었다. 그 순간 엄마는 사금파리에 생살이 찢겨 나가는 고통 속에서도 이번에 또 실패하면 평생 아기를 못 낳을 거라는 생각에 당신 몸이 어떻게 되든 말든 아기만 무사히 낳게 해 달라고 간절히 빌었다고 하니 자식이 뭐라고 그렇게까지 해야 했나 싶다. 오빠 낳던 날 이야기를 하던 엄마가 그날의 일이 떠올랐는지 잠시 가쁜 숨을 몰아쉬었다. 그리고 다시 호흡을 가다듬고 이야기를 이어갔다.

“목숨 걸고 아기를 낳았어. 그러고는 안도의 한숨을 쉬었지. 그때까지는 잘 몰랐는데 나중에 쭈그려 앉아 오줌을 누는데 사금파리에 찢긴 상처에 오줌 방울이 스치는 순간, 온몸이 갈가리 찢기는 통증이 느껴지더라. 워디 그뿐인 줄 아냐? 목숨 걸고 큰애를 낳았는디 니 할머니가 금방 애 낳은 산모한테 겨우 꽁보리밥 한 그릇을 주더라. 금방 생사를 넘나들면서 애 낳은 사람 목구멍에 꽁보리밥이 넘어가것냐? 모래알 같아서 밥을 못 삼키고 있으니까 니 외할머니가 그러더라. ‘사부인! 혹시 쌀 좀 없어요?’ 그러니까 니 할머니가 독일 간 아들 무탈하라고 치성드릴 쌀밖에 없다고 하더

라. 그 말을 들은 니 외할머니가 외갓집으로 뛰어가서 갓 지은 뜨끈뜨끈한 쌀밥과 미역국을 품에 안고 와서는 내 입에 떠 넣어주더라. 고것이 다 부모 맘이지. 그냥 그렇다는 엄마 옛날얘기여."

엄마는 십수 년을 아버지랑 같이 밤을 보냈는데 단 한 번도 좋은 걸 몰랐단다. 내 추측에는 그때 찢어진 산도를 그대로 둬서 그런 것이 아닌가 싶다. 지금 같았으면 출산 직후에 바로 의료적 처치를 해서 정상 기능을 할 수 있도록 했겠지만, 당시에는 집에서 아기를 낳다 보니 이런 의료적 처치가 불가능했다. 엄마는 오빠 낳던 날 찢어놓은 산도로 둘째인 나부터 동생들까지 쑥쑥 내리 넷을 낳았다. 그리고 그날 이후로 아버지의 여자이기보다는 사남매의 엄마로만 평생을 살아왔다.

호박점쟁이

막달에 엄마 뱃속에서 유산된 태아가 문제였다. 죽은 태아를 뱃속에 그대로 두면 안 된다고 동네 사람들이 수군댄 것이다. 그러자 아버지도 걱정이 됐는지 당장 병원에 가서 죽은 아기를 꺼내야 당신이 살 수 있다고 엄마 손을 잡아끌더란다.

"내가 여기서 죽은 애하고 같이 죽는 한이 있어도 병원에는 못 가요. 아직 건강한 애도 못 낳아봤는데 어떻게 배 갈라서 죽은 애를 꺼낼 수 있어요? 나는 죽으면 죽었지 그런 짓은 못 하니까 그리 알어유!"

결국 아버지는 엄마의 고집을 꺾지 못하고 용하다는 한약방에서 한약 두 재를 지어 와서 엄마에게 손수 달여 먹였다고 한다. 그것을 본 할머니는 애도 못 낳는 마누라가 뭐가 이쁘다고 한약까지 달여 바치냐고 아버지한테 배알도 없는 놈이라고 욕을 퍼부었다니 참으로 한 많은 시절이었다.

"애 못 낳는 것이 무슨 유세라도 된다냐~ 미친놈! 애 못 낳는 지 집한테 무슨 정성으로 한약까지 달여 바치고 지랄이여! 속 창세기도 없는 놈!"

엄마는 아버지가 할머니한테 욕까지 얻어먹으며 달여준 한약을 꾸역꾸역 삼켜가며 반드시 건강한 아기를 낳고 말겠다고 맹세했단다. 아버지의 정성 때문이었는지 얼마 있다, 엄마 뱃속에서 죽은 아기가 저절로 쏟아져 나와서 한시름 놓았다는 가슴 아픈 이야기다.

"내가 시집와서 7년이 다 되도록 죽은 애만 내리 둘을 낳고 온전한 애를 못 낳았으니 마음이 오죽했겠냐. 그렇게 속을 팍팍 태우던 어느 날 사랑방 부엌에서 불을 때는디 근처를 지나가던 호박점쟁이가 우리 집으로 쑥 들어오더라."

엄마는 그 옛날 호박점쟁이 이야기를 풀어놓기 시작했다. 무슨 이야기가 나올까 궁금해서 귀를 쫑긋 세우고 엄마 이야기에 귀를 기울였다.

"지나는 길에 우리 집에 쑥 들어온 호박점쟁이가 내 얼굴을 가만히 쳐다보더라. 그러면서 하는 말이 애를 못 낳아 걱정이 많구먼! 걱정할 필요 없어. 팔자에 애가 여덟인디 넷은 잃고 넷은 똑똑하게 잘 나올 거구먼! 그러면서 흙 파먹고 살 자식은 하나도 없을 거라더라. 그땐 넷은커녕 하나도 못 낳아서 다 죽게 생긴 판이라 호박점쟁이 말이 믿기지도 않았어. 그런데 지금 생각해보니 호박점쟁이가 영락없이 맞췄더라."

엄마는 정말 호박점쟁이 말대로 결혼 7년 만에 떡두꺼비 같은 아들을 품에 안았다. 힘들게 낳은 첫아들인데 얼마나 잘 생기고 이쁘던지 세상을 다 얻은 것처럼 행복했다면서 당시 추억을 회상하는 엄마의 얼굴에 살며시 미소가 번졌다.

어렵게 첫아들을 낳고 순조롭게 둘째가 생겼다는데 그게 바로 나다. 오빠 다음에 생긴 나는 엄마 뱃속에서 물구나무서기를 하느라 엄마 목숨을 쥐락펴락하다가 세상에 나왔단다. 그랬어도 내 뒤로 두 남동생을 순산으로 안내하는 길잡이 역할을 한 셈이니 나름 내 공도 있다고 자부한다. 그런데 엄마 이야기를 듣다가 궁금증이 생겨서 여쭤봤다.

"엄마! 그런데 왜 호박점쟁이라고 불렀대요?"

"응~ 그 사람은 호박 두 개만 주면 점을 봐줬어. 어디 사는 사람인지도 모르고 그냥 이 동네 저 동네 떠돌아다녔는데 이상하게 호박만 받아 갔어. 그래서 사람들이 호박점쟁이라고 불렀어."

엄마는 오빠 위로 둘을 사산하고 막냇동생 밑으로 둘을 더 사산했다. 그러니까 호박점쟁이 말대로 여덟 명 중에 네 명만 온전히 세상에 나온 셈이다. 거기다 흙 파먹고 살 자식이 하나도 없다고 했던 말도 딱 맞아떨어졌다. 우리 사남매 중에 농사짓는 자식이 하나도 없으니 호박점쟁이가 용하긴 했나 보다.

그런데 오빠를 낳은 이후로 엄마의 인생 목표는 완전히 명확해졌다. 그때부터 아버지를 남자가 아닌, 자식 넷을 함께 키워내야 할 동지로 생각한 것이다. 그 이후로 엄마는 한 사람의 아내이기를 포기하고 사남매의 엄마로만 살아낸 시간이었다.

"지금 생각하면 얼마나 곰진가(뿌듯한지) 모르것다. 하나만 낳아도 소원이 없을 것 같았는데 이렇게 똑똑하고 잘생긴 자식을 넷이나 낳아 키웠으니 엄마는 지금 죽어도 여한이 없다."

"엄마도 참! 별소리를 다 하시네요? 이제부터 효도 받고 행복하게 사셔야죠. 부디 오래오래 살아주세요. 엄마."

태몽

7년여의 세월 동안 오로지 애를 낳기 위해 긴긴밤을 하얗게 불태웠을 두 분의 노력 때문인지 드디어 엄마가 태몽을 꾸었다고 한다.

"내가 샘둑에 나가 있었는디 저 너머 산 위에서 쟁기(장끼) 한 마리가 내 품으로 날아들더라. 그래서 하도 신기해서 가만히 살펴봤더니 한쪽 날개가 다쳤어. 그래서 조심스럽게 집으로 가져와 다친 날개에 파랑 천과 빨강 천으로 묶어줬어. 그런 다음에 다시 샘둑에 나가 공중으로 날려 보냈더니 하늘로 쏙 들어가더라. 참말로 신기했어. 그러고서 니 오빠를 낳았어. 그래서 니 오빠가 어려서 어깨를 다쳤는지도 모르것다."

오빠는 유년기에 한쪽 어깨가 다 부스러지는 아주 큰 사고를 당했다. 몇 살 위인 동네 형들과 실바탕(동네에 있는 낭떠러지처럼 생긴 지명 이름)이란 곳에서 놀다가 생긴 사고로 어린 나이에 생사를 넘나들었다. 그날 동네 형이 다섯 살밖에 안 된 오빠를 번쩍 안아 낭떠러지 아래로 던졌다니 너무 끔찍한 일이 벌어진 것이다. 그 사고로 목숨만 겨우 건진 오빠가 수술실에 들어갔을 때, 수술실 밖에서 기다리던 엄마는 만약 아들이 잘못되면 따라 죽을 결심을 했다고 한다.

"오빠 수술했던 의사가 5년 뒤에 어깨에 박은 인공 뼈를 꼭 제거해주라고 했어. 그런디 먹고사는 일이 바쁘다 보니 깜빡 잊고 그걸 못 빼준 거야. 그래서 니 오빠는 평생 지게 지는 일은 못 하겠더라. 그때 내가 결심했어, 큰아들만큼은 내 뼈가 다 부서지는 한이 있어도 꼭 공부시켜서 책상에서 펜대 잡고 살게 하겠다고 … ."

엄마는 무슨 일이 있어도 큰아들을 대학에 보내고 말겠다는 굳은 신념이 있었다. 그 당시 우리 동네에는 자식을 대학 공부까지 시키는 집이 단 한 집도 없었다. 그런데도 엄마는 오빠를 대학에 보내겠다는 일념으로 산에 가서 창출 캐고 잔대 캐면서 재수 뒷바라지에 삼수까지 뒷바라지하는 열정을 불태웠다. 하지만 안타깝게도 오빠는 매번 아슬아슬하게 대학 입시에 실패하는 고배를 마셨다. 대학 합격자 발표 날, 오빠가 밤늦도록 아무 소식도 없이 집에 안 들어오는 날에는 엄마 가슴도 타들어갔다. 혹 대학에 떨어졌다고 어디 가서 자살이라도 하는가 싶어 밤을 지새우곤 하셨다.

“너한테 많이 미안하다. 니 오빠만 신경 쓰느라 너까지 신경 쓸 여력이 없었다. 부모가 못 가르쳐줘서 니가 뒤늦게 공부한다고 돌아다닐 때마다 엄마 마음은 또 어땠겠냐. 밤에 인신매매단에 잡혀가는 것은 아닌가? 걱정돼서 매일 가슴 졸이며 살았다.”

하지만 내 생각은 좀 다르다. 내 또래 친구들이 다 산업체 부설 고등학교에 갈 때, 동네에서 유일하게 나 혼자만 상업고등학교에 진학했다. 나도 친구들 따라서 산업체 부설 고등학교에 원서를 쓰고 학교에서 집으로 돌아온 날, 저녁 밥상에서 아버지가 나에게 말씀하셨다.

“아무리 딸이라도 고등학교는 보내줄 테니 내일 학교 가서 원서 다시 써라.”

나는 이렇게 아버지의 통 큰 배려 덕분에 마을 또래 친구들 중에서 유일하게 상업고등학교를 졸업할 수 있었다. 부모님이 고등학교까지 보내주셨으니 그다음은 내가 알아서 할 일이라고 생각해서 스스로 공부할 방법을 찾았던 것 같다. 물론 엄마는 지금도 그 일을 맘에 두고 계신 터라 늘 나한테 미안한 마음을 표현하신다. 그러다가 엄마가 다시 태몽 이야기를 하셨다.

"지금 가만 생각해보면 니 오빠가 비행기 타고 외국 댕기는 일을 하는 것도 다 태몽 풀이하면서 사느라 그러는 것 같다. 그동안은 니 오빠가 별 탈 없이 여행사를 잘했는디 코로나 때문에 걱정이 태산이더라. 그래도 며느리가 뒷바라지를 잘해서 얼마나 고마운지 모르것다. 아무튼 세상이 빨리 좋아져서 니 오빠가 비행기 타고 외국을 많이 돌아다녀야 할 것인디…"

태몽 덕분인지 오빠는 여행사를 하면서 세계를 유람하며 나름 행복한 삶을 살아왔다. 코로나 때 누적된 마이너스만 잘 회복하면 예전처럼 큰 욕심 안 부리고 즐겁게 살 수 있을 텐데 하는 마음으로 오빠의 삶을 응원해본다.

아버지를 울린 딸!

엄마는 오빠를 낳고 혹여 닳을까 봐 맘껏 쳐다보는 것도 아까웠다고 한다. 어쩌다 귀한 아들을 포대기에 싸안고 밖에 나가면 사람들이 다 몰려와서 한 번씩 눈도장을 찍었을 정도라고...

"이 아기가 그 이쁜이예요? 아이구나! 참말로 잘생겼네요!"

사람들도 엄마가 귀하게 얻은 아들이라는 것을 알기 때문에 오빠를 귀하게 대접해줬단다. 귀하게 태어나서 온갖 사랑을 다 받고 성장한 오빠는 그 시절에 귀하디귀한 백일 사진부터 돌 사진까지 다 남아 있을 정도다. 오래된 사진첩에는 지금도 우리 사남매 중 유일하게 오빠의 백일 사진과 돌 사진만 당당하게 꽂혀 있다.

엄마 말대로 아기 때 오빠 모습은 옥동자처럼 잘생겼었다. 금이야! 옥이야! 하는 아들을 얻었으니 더 바랄 것이 없던 엄마는 1년 뒤에 자연스럽게 둘째가 들어섰다고 한다. 그 아기가 우리 집에서 유일하게 딸로 태어난 '나'였던 것이다.

내가 태어나던 날에는 동네에 혼례가 있었단다. 아버지는 금방 애가 나올 것 같다고 소리치는 엄마를 남겨두고 결혼식 축하연에 갔다고 하니 참 무심한 남편이었다. 아버지가 결혼식 축하연에서 술이 얼큰하게 취하는 사이에 엄마는 목숨 걸고 나를 낳은 것이다.

엄마 태중에 있던 나는 밖으로 나오지 않겠다고 엄마 가슴팍으로 도망을 쳤단다. 그 당시 세상에 나오기 싫어했던 것을 보면 험난한 내 인생을 엄마의 자궁 안에서 예상했던 것일까. 엄마가 거꾸로 있는 나를 겨우 낳고 나서 기진맥진 누워 있던 그날, 얼큰하게 술에 취해 집에 들어온 아버지가 둘째까지는 아들일 줄 알았는데 딸을 낳았다며 눈물을 흘렸다는 웃지 못할 이야기가 생겨났다. 아버지와 나의 첫 대면은 안타깝게도 그렇게 눈물로 시작됐다.

엄마는 당시 아버지한테 야속했던 마음이 덜 풀렸는지 성인이 된 나에게 내가 태어나던 날의 이야기를 들려줬다. 나의 성별을 확인한 아버지가 울었다는 이야기를 알게 된 이상 그냥 넘어갈 내가 아니었다. 그래서 아버지한테 그날의 이야기를 여쭤봤다.

"아빠! 지금 제 얼굴을 똑바로 쳐다보면서 솔직하게 대답해주세요."

"알았다. 뭔 이야기인데 그렇게 무게를 잡고 그러냐? 얼른 얘기 해봐라."

"엄마한테 들었는데 제가 태어났을 때, 이번까지는 아들일 줄 알았는데 딸을 낳았다고 아빠가 울었다면서요?"

순간 아버지가 엄마한테 눈빛으로 어떤 사인을 보내는가 싶더니 단호한 표정으로 말씀하셨다.

"아니다. 누가 그런 소리를 하던? 나는 절대 그런 적 없다."

하긴 그때 내가 태어나지 않았으면 줄줄이 아들만 낳았을 테니 아버지의 놀란 반응이 이해는 된다. 아버지는 나를 낳았을 당시에는 서운했더라도 나를 키우는 동안에는 나에게 사랑을 가장 많이 주셨다. 어린 시절에 내가 무슨 말만 하면 아버지는 무조건 오케이였다. 예비군 훈련에 다녀오는 날에도 양쪽 주머니에 사탕 한 봉지, 과자 한 봉지를 사 들고 와서 마중 나간 내 손에 몰래 쥐어 주곤 하셨다.

씨감자

엄마는 스무 살 무렵에 친구 집에 모여 천에 수를 놨다고 한다. 하루는 친구네 사랑방에 모여 수를 놓고 있는데 친구 한 명이 배가 고프다면서 감자(그 당시 시골에서는 고구마를 감자라고 불렀다.) 서리를 제안했다고 한다.

"야! 우리 배도 고픈데 감자 서리나 할까?"

어려서부터 겁이 많던 엄마는 친구들을 말렸다는데 친구들이 감자 서리를 감행하는 바람에 하는 수 없이 따라나선 날의 이야기다. 그런데 그날 감자를 서리한 집이 하필 우리 집이었으니 이때부터 아버지와 엄마의 운명의 스토리가 시작된 것이다.

감자 서리가 있던 다음 날 아침에 밭에 나갔던 할머니가 확인한 것은 다 파헤쳐진 감자밭이었다. 빈 밭고랑에 감자 줄기만 덩그러니 남아 있는 것을 보고 화가 잔뜩 난 할머니가 온 동네 사람들 다 들으라고 고래고래 목청을 높이셨단다.

"도대체 어떤 것들이 간밤에 남의 집 감자밭을 다 훑어갔어? 이것들 내 손에 잡히기만 해봐라! 내가 감잣값 열 배로 받아낼 테니까."

할머니의 화가 쉽게 가라앉을 것 같지 않자 아버지가 나서서 할머니의 화를 누그러뜨렸다고 한다.

"아이고~ 엄니! 진정하셔요. 감자 누가 캐갔는지 잘은 모르겠으나 우리 집 감자 캐다가 쪄 먹은 색시 잡아다가 내가 장가들면 될 것 아니에요."

그날의 감자 서리는 이렇게 일단락되었고, 엄마는 아버지의 호언장담처럼 감자밭 주인 아들과 그다음 해에 혼례를 치렀다. 정말로 아버지가 별생각이 없이 던진 말이 씨가 되어 엄마와 맺어진 셈이니 참 신기한 노릇이다. 두 분이 혼인하고 사십여 년이 흐른 어느 날, 저녁밥상에서 내가 아버지한테 조강지처의 뜻에 대해 여쭤본 적이 있었다.

"아빠! 조강지처의 뜻이 뭐예요?"

"응 조강지처는 술지게미를 같이 나눠 먹고 힘든 시절을 함께 견딘 아내를 뜻하는 말이란다. 그런데 가만 생각해보니 니 엄마는 참말로 조강지처라고 할 수 있어. 왜냐하면 니 엄마가 처녀 시절에 몰래 우리 집 감자를 캐다 쪄 먹었단다. 그때는 워낙 배고픈 시절이라 남의 밭에서 서리를 많이 해먹었거든. 그 사실을 알게 된 니 할머니가 하도 난리를 쳐서 아빠가 감자 캐 먹은 처녀한테 장가가겠다면서 할머니를 말렸거든. 엄마는 그날부터 운명적으로 아버지한테 시집오도록 정해졌던 거야."

조용히 밥을 먹고 있던 엄마가 아버지의 설명을 듣다가 사뭇 억울한 표정을 지으며 항변했다.

"나는 그날 감자 서리하러 가기 싫었어. 안 따라가면 친구들이 나만 돌려놓을까 봐 할 수 없이 따라가기는 했지. 그래도 나는 밭 모퉁이에서 사람이 오나 안 오나 망만 봤어. 감자밭 고랑에는 안 들어갔다니까? 친구들이 서리한 감자를 쪄서 맛있게 먹는데 나는 찜찜한 생각이 들어서 감자도 안 먹었어. 참말이야. 그래 좋아. 내가 감자 캐 먹었다 치고, 나 당신한테 시집와서 사남매나 낳아줬으니까 그때 캐 먹은 감잣값 다하고도 남았어! 그래서 하는 말인데, 나 이제 친정으로 돌아갈 테니까 당신이 나 처음 데려올 때처럼 처녀로 돌려놔."

엄마의 이야기를 들은 아버지가 갑자기 허허 웃으시며 말씀하셨다.

"내가 당신을 처녀로 돌려놓을 재주만 있다면 당장이라도 당신을 처녀로 돌려놓고 싶어. 그러면 나한테 시집와서 온갖 고생 안 해도 될 테니 얼마나 좋아? 그런데 미안하게도 신이 나한테 그런 능력까지는 안 주었다네! 당신을 처녀로 돌려놓을 수는 없지만 앞으로는 내가 잘하도록 노력해볼게. 미안허이."

나는 그날 두 분의 이야기를 들으면서 내 부모님한테도 젊고 아름다운 시절이 있었다는 사실이 엄청 신비롭게 느껴졌다.

돌부처도 시앗을 보면 돌아눕는다

아버지 돌아가시고 한참 뒤에 엄마가 조심스럽게 나한테 물었다.

"너도 엄마 닮아서 그 맛을 잘 모르지?"

"그게 뭔데 엄마?"

"아! 그거 있잖아! 잠자리…."

"아! 그건 왜 물으시는데요?"

"어제는 가만히 생각해보니까 내가 살아온 날들이 참말로 분하고 억울한 생각이 들더라. 지금껏 살면서 일만 하다 보니 살림 맛을 알았겠냐? 남녀 간 정을 알았겠냐? 어제 섭이네랑 숙이네랑 토방에 앉아 옛날이야기를 하는데 그 사람들은 그 맛을 알았다고 하더라. 한 번 하면 몸이 개운했다는데 나는 한 번도 그 맛을 몰랐어. 오죽했으면 니 아버지가 옆에 와서 귀찮게 할까 봐 저녁내 일하는 척을 했겠냐?"

어린 시절에 부모님과 보낸 밤들이 너무도 생생하게 기억났다.

엄마는 매일 저녁 밥상을 물리고 나서 창출과 잔대, 도라지 등을 함지박에 가득 담아 와서는 밤새 도라지 껍질을 벗기고 창출을 다듬었다. 그때 나는 엄마가 그 일을 저녁에 하지 않으면 큰일이라도 나는 줄 알고 옆에서 열심히 일을 거들었다.

"니 아버지가 밤새 목 빼고 기다리다 지쳐서 먼저 잠이 들었어. 그러면 니 아버지가 잠들었나 가만히 가서 확인한 후에 방에 자러 들어갔어. 또 어떤 때는 니들이 먼저 잘까 봐 일부러 깨워놓은 적도 있었어."

"엄마! 아빠한테 너무 한 거 아녀? 아무리 그래도 그렇지. 맘 좋은 우리 아빠나 됐으니까 참은 거지, 다른 남자 같았으면 엄마 소박 놨을 거예요."

"아프기는 하고 죽기보다 싫은 걸 어쩌냐? 어쩌다 한 번 할라치면 두 눈 꼭 감고 꼼짝도 안 하고 누워서는 속으로 빨리 끝내고 내려가라고 기도를 다 했것냐."

"아이구! 우리 아빠가 불쌍했네요. 엄마가 억울한 게 아니고 아빠가 그런 미련스러운 마누라를 데리고 사느라 고생이 많으셨네! 뭘."

"오죽했으면 니 아버지가 나보고 나무토막에 대고 비비는 것이 더 좋겠다고 욕을 다 했것냐? 하!하!하!"

"그럼 엄마! 내가 궁금해서 여쭤보는 건데요. 그때 아버지가 외박하고 들어오신 날, 엄마가 아무 말도 안 하고 그냥 넘어갔잖아요. 왜 그랬던 거예요?"

"내가 평생 그 맛을 모르고 살았으니까 어디서 자고 오든지 말든지 화도 안 났어. 겉으로 말은 안 했지만 그냥 어디 가서 풀고 왔으면 좋겠다 싶은 마음도 살짝 있었던 것 같아."

"아이구! 그런 게 어딨어? 엄마! 엄마가 너무 했어. 엄마는 억울하다고도 하지 말어. 아버지도 불쌍하고 엄마도 불쌍하고 그러네."

"내가 아무 말도 안 하고 그냥 넘어가니까 니 아빠가 그러더라. 저 보 너머 동네 정 씨는 살결도 뽀얗고 잘해주고 좋던데 이 여편네는 나무토막보다도 못하다고 성질을 내더라. 그래서 내가 그랬지. 그렇게 좋으면 그 정 씨한테 가서 해달라고 하라고…."

오죽 엄마가 비협조적이었으면 아버지가 질투 작전이라는 극약 처방까지 썼을까 싶다. 하지만 아버지의 이런 극약 처방에도 나무토막 엄마는 꿈쩍도 안 했으니 아버지 심정 또한 답답했을 것 같다. 살아계셨으면 그 속이 어땠을까 여쭤보고 싶은 대목이다. '시앗을 보면 돌부처도 돌아눕는다.'는 옛 속담도 있는데 우리 엄마는 돌부처의 뺨을 치고도 남을 양반이었다.

젖동냥으로 키운 자식

엄마를 돌부처보다 더 강하게 만든 것은 생존의 문제였다. 집안일에는 통 관심 없는 남편을 대신해 어린 자식들과 먹고살아야 한다는 당면 과제가 가장 시급했다. 그래서 퉁퉁 불어서 줄줄 흘러내리는 젖을 기저귀로 꽁꽁 동여매고 눈만 뜨면 산에 다니며 약초를 캤다. 엄마는 이렇게 산에서 캐 온 약초들을 저녁 내 다듬어서 밤새 부뚜막에 말렸다. 그렇게 상품을 만들어서 장날마다 약방에 내다 판 돈으로 우리 사남매 학비를 댔다.

엄마가 약초 캐러 산에 가면 집에 남겨진 어린것들은 할머니 품에서 젖 달라고 목이 쉴 때까지 울어댔다니 할머니 마음도 오죽했을까 싶다. 배고파서 목이 쉴 때까지 울어대는 어린 손자들을 달래다가 나중에는 할머니가 어린 손자랑 같이 울었을 정도였다니 얼마나 서글펐을까 싶다. 가끔 고모가 아기를 업어줄 때도 있었는데 고모 등에 매달린 어린것이 배가 고프니까 고모 팔뚝을 다 빨아 먹은 일도 있었단다.

"한번은 내가 산에 갔다 왔는데 니 고모 팔뚝이 시퍼렇게 멍이 들었더라. 왜 그러냐고 물었더니 등에 업은 아기가 배가 고파 울다 지쳐서 나중에는 고모 팔뚝을 빨더란다. 못 빨게 하고 싶어도 아기가 또 울까 봐 어깨가 다 까져서 아픈데도 그냥 참았다고 하더라!"

산에 약초를 캐러 나가더라도 대책이 필요했던 엄마는 아침마다 젖동냥을 부탁하러 윗집 아랫집으로 헐레벌떡 뛰어다녔다. 아침마다 동네를 돌아다니면서 젖동냥을 한 엄마는 오전에는 위뜸에 가서 얻어 먹이고 오후에는 아랫집에 가서 얻어 먹이면 된다고 일러두고 집을 나섰다.

새벽부터 온 동네를 돌아다니며 젖동냥 약속을 받아낸 엄마는 비닐에 둘둘 만 찬밥 한 덩이를 구럭에 챙겨 넣은 뒤, 곡괭이를 들고 산에 가기 위해 대문을 나섰다. 하루 종일 산을 헤매느라 뱃가죽이 등에 달라붙으면 찬밥 한 덩이로 허기를 달래가며 약초를 캐던 시절이었다. 약초 한 뿌리라도 더 캘 생각으로 정신없이 산을 헤매다가 집에 돌아올 즈음이면 산마루에 어스름이 깔리는 저녁이었다.

"산을 헤매고 다닐 때는 약초 하나라도 더 캘 욕심으로 아무 생각도 안 났는데 다 캐고 집으로 돌아올 때쯤 되면 환청처럼 들려오는 애 우는 소리에 고막이 찢어질 것 같더라. 그래서 구럭을 멘 채로 산에서 데굴데굴 굴러가면서 집으로 정신없이 뛰어왔어. 그렇게 정신없이 뛰다 보면 칭칭 동여맨 기저귀 속에서 퉁퉁 불은 젖이 줄줄 흘러내려서 집에 도착했을 즈음에는 윗옷이 다 젖어 있더라."

엄마는 해가 산모퉁이를 넘어갈 즈음에 집에서 젖 달라고 보채고 있을 어린 자식 생각에 하루 종일 약초를 캐 넣은 구럭이 무거운 줄도 모르고 한달음에 집으로 뛰어왔다. 그렇게 옷 밖으로 흘러내린 젖에 가슴팍이 흠뻑 젖어 집에 도착한 엄마의 구럭에는 온종일 캐 담은 약초들이 가득 들어 있었다.

그 당시 엄마는 근동에서 제일가는 약초꾼이었다. 어디에 가면 창출이 많이 나고 또 어디에 가면 잔대가 많이 난다는 약초 군락지 정보를 다 머릿속에 꿰고 있었다. 당시엔 이런 정보가 다 돈이 되었던 시절이었다. 엄마가 약초를 캐서 그때 돈으로 하루에 10만 원은 족히 벌었다고 하니 지금 생각하면 꽤 큰돈이었다.

현재 여든둘이 된 엄마는 하루도 약이 없으면 견디기 힘들 정도로 성한 곳이 없다. 몸에서 그동안 무료로 부려 먹은 체납 고지서를 수시로 발급한다. 지금 엄마는 밥보다 약을 더 많이 먹지만 아직은 기력과 기억력이 그만해서 다행이라는 생각이 든다. 다만 기억력이 자꾸 짧아져서 누가 뭘 물을 때마다 "몰라"라는 말을 더 많이 하시지만 아직은 자식들 생일 때마다 용돈을 챙겨주는 엄마라서 너무 감사하다.

문단속

11년 전 그날, 아버지가 간암 말기라는 갑작스러운 비보에 놀란 우리 사남매는 고향 집에 모여 아버지 모실 일을 상의했다. 마침 그날이 토요일이라 응급실로 모셔야 할 상황이었다. 그래서 우선 아버지를 먼 친척 언니가 운영하는 인근 요양병원에 이틀만 모셨다가 월요일에 대전에 있는 종합병원으로 옮기기로 했다. 먼저 요양병원으로 모시고 갔는데 아버지가 차에서 내리기 싫어하는 눈치셨다.

"아빠! 지금 숨쉬기 많이 힘드니까 여기서 월요일까지만 계셔요. 그럼 오빠랑 제가 월요일에 올라와서 대전 큰 병원으로 모시고 갈게요."

아버지는 그제야 안심이 된다는 듯 몸을 천천히 움직였다. 아버지를 부축해서 입원 수속을 마치고 가족들이 병원 현관문을 나서려는 그 순간, 불안하게 흔들리는 아버지의 눈동자와 내 시선이 딱 마주쳤다. 그 순간, 차마 아픈 아버지를 홀로 요양병원에 두고 발길이 떨어질 것 같지 않았다. 그런데 요양병원에는 보호자가 머물 공간이 별도로 마련되어 있지 않았다. 혹시나 해서 아버지한테 다가가서 물었다.

"아빠! 엄마도 여기 두고 갈까요?"

아버지가 얼른 고개를 끄덕였다. 그래서 우선 엄마를 살짝 한쪽으로 불러내서 아버지랑 병원에 같이 계셔도 괜찮겠냐고 여쭤봤다. 그랬더니 엄마가 흔쾌히 같이 있을 공간만 있으면 아버지 옆에서 돌봐주고 싶다고 말씀하셨다. 아버지는 생전에 직장에 나갈 때 빼고는 엄마랑 거의 떨어져본 적이 없었다. 아버지는 평생 엄마가 가는 곳마다 아이처럼 졸졸 따라다녔다. 그날 아버지랑 엄마를 동시에 입원시킨 뒤, 돌아서면서 아버지한테 말씀드렸다.

"아빠! 오빠랑 같이 월요일에 모시러 올게요. 오늘은 토요일이라서 병원에 가려면 응급실로 들어가야 한다고 해서 우선 여기에 이틀만 모시는 거예요. 그러니까 아무 걱정하지 마시고 여기서 엄마랑 편히 쉬고 계세요."

월요일에 아버지를 대전 병원으로 모시고 오기 위해 요양병원에 가서 퇴원 수속을 밟으려는데 엄마가 내 팔을 붙잡았다.

"니 아버지가 여기도 있어 보니까 괜찮다고 하더라. 또 니 아버지가, 아는 병원인데 야박하게 빨리 나가면 안 된다며 일주일만 더 있다 옮기자고 그러신다."

평소 아버지 성품이라면 그럴 만도 했다. 아버지는 평생 남한테 서운할 일을 만들지 않으셨다. 그래서 엄마한테 그럼 일주일 뒤에 꼭 옮기겠다고 손가락 걸고 약속한 후에 다시 집으로 돌아왔다. 일주일 뒤에 다시 병원을 찾았다.

"엄마! 이젠 아버지 옮겨도 되지?"

엄마는 또 아버지가 여기 있어 보니까 여기도 괜찮다고 했다면서 대전 큰 병원에 가도 더 살 수도 없는데 아버지를 더 이상 고생시키지 말자며 다른 사람들의 사례들을 들려주셨다.

"규현이 아버지도 자식들이 서울 병원에 모시고 가서 수술시키고 별짓 다했어도 결국은 고생만 하다가 더 살지도 못하고 죽더라. 그래서 하는 말인데, 니 아버지 여기서 고통이나 안 느끼게 진통제나 맞혀주다가 편히 보내드리자. 니 아버지 옆에서 내가 마지막까지 돌봐주다가 내 품에서 보낼 테니 그건 걱정하지 마라."

결국 아버지를 요양병원에 그대로 모시기로 하고 한 달여가 흘렀을 즈음에 아버지를 보러 다시 요양병원에 갔을 때였다. 엄마가 아버지 옆에 서 있던 내 팔을 잡아끌고 조용한 곳으로 가서 살짝 속삭이듯 말씀하셨다.

"있잖아. 내가 지난번에 잠깐 장에 갔다가 들었는디 아랫마을 사는 숙이 엄마가 며칠 전에 면사무소를 발칵 뒤집어놨다고 하더라."

"왜 면사무소를 뒤집어놨는데요?"

"그게 저 윗집 사는 김 씨 홀아비가 얼마 전 밤에 숙이 엄마를 덮쳤다더라. 그래서 숙이 엄마가 억울하고 분통해서 못 살겠다고 면사무소에 찾아와서 고래고래 울면서 소리를 질렀다더라. 아이고 입에 담기도 남사스럽다. 다 늙어 죽게 생긴 노인네들이 뭔 짓인지 원 쯧! 쯧! 쯧! 숙이 엄마도 그렇지. 남사스럽게 그걸 면사무소에 와서 소리를 지르면서, 그놈 잡아다 벌주라고 난리를 쳤다니 원, 살다 살다 벨 일을 다 본다."

내가 들어도 옆집에 숟가락이 몇 개인지, 젓가락이 몇 개인지 다 알 만한 조그만 시골 동네에서 별 이상한 일도 다 있다 싶었다.

"숙이 엄마 얘기 듣고 내가 너한테 하는 말인디 그동안은 대문 없어도 잘 살았잖니? 그런데 니 아버지 돌아가시면 이제 나 혼자 살아야 하는데 무서운 마음이 든다. 그러니까 니가 니 오빠한테 니 아버지 돌아가시면 우리 집에 대문 달자고 말 좀 해라."

아버지 돌아가시면 대문부터 해달라는 엄마 말에 내 엄마도 여자였다는 생각에 가슴이 먹먹해졌다. 돌아가실 날 받아놓은 아버지 옆에 바싹 붙어 있는 엄마를 통해 엄마도 여자였다는 사실을 인지하다니 늦어도 너무 늦은 깨달음이었다. 왜 하필 지금인가? 그러면서 그동안 내가 부모님한테 했던 바보 같은 짓들이 파노라마처럼 마음에 펼쳐지던 그 순간에 일필휘지로 쓴 시가 첫 시집 『모서리를 접다』에 들어 있는 「문단속」이다.

반성문을 쓰다

우리 부모 세대를 살았던 엄마 중 대다수는 불감증이라는 단어조차 모른 채 살아왔거나 살다 가셨다. 아버지랑 한평생을 살면서 한 번도 잠자리의 즐거움을 못 느꼈다는 것은 비단 우리 엄마만의 이야기가 아니다. 엄마로부터 그 이야기를 듣기 전까지 나는 엄마의 여성성에 대해 한 번도 생각해본 적이 없었다.

십몇 년 전 엄마가 두 달 정도 병원 생활을 하던 시절의 이야기다. 당시 나는 서른여덟이라는 나이에 뒤늦게 들어간 대학원 수업에 적응하는 것만도 버거웠다. 여기다 내가 돈을 벌지 않으면 어렵게 시작한 학업을 끝마칠 수 없는 상황이었다. 당시 쥐꼬리만 한 공무원 월급으로는 아이들 영어, 수학 학원 챙겨 보내기도 버거웠기 때문에 생활비에서 내 학비까지 덜어낼 수는 없었다.

그래서 내 공부에 들어가는 돈은 무슨 일이 있어도 내가 벌어 충당하겠다는 굳은 각오로 시작한 공부였다. 다행히 일찍이 정부부처 사례집을 맡아 작업하던 시절이라 스스로 학비를 벌 수 있는 여건이었다. 그 당시 나는 중기청에서 발주한 '전통시장 활성화' 방안 마련 사례집을 맡아 취재와 인터뷰를 진행하느라 정신없이 바쁜 시간을 보내고 있었다.

살림에 대학원 공부에 또 사례집까지 감당하느라 안 그래도 잠잘 시간이 없는데 마침 엄마까지 어깨에 생긴 염증이 문제가 돼서 몇 번의 수술을 거듭하며 병원을 이리저리 옮겨 다니다가 대전 성모병원에 장기 입원해 있던 시절이다. 올케들이나 오빠도 엄마를 수시로 챙겼지만 엄마에게 가장 편한 사람은 하나뿐인 딸이었다.

당시 아버지는 병원에 입원해 있는 엄마한테서 한 시도 떨어지지 않으려고 엄마 곁에 딱 붙어 있었다. 오죽했으면 보다 못한 작은 올케가 아버지를 제집으로 모시고 가서 편히 지내시라고 해도 아무 소용이 없었다. 결국 환자인 엄마가 병원에서 아버지 식사까지 챙긴 것이다. 그러다 보니 내가 아버지 드실 도시락을 싸서 병원으로 배달하는 상황이 됐다.

오랜 병원 생활에 지친 엄마는 가끔 짜증 섞인 목소리로 나한테 전화를 걸어 손톱깎이를 가지고 오라는 등 잔심부름을 시켰다. 아무리 바빠도 병원에 계신 부모님께 짜증을 낼 수 없던 나는 밤잠을 겨우 2시간 정도 자면서 주어진 바쁜 일상들을 소화했다. 그날은 마침 주문진에 취재가 있어 주문진 수산시장을 돌아보며

스케치하던 중에 엄마 전화를 받았다.

"딸! 뭐하냐?"

"저 일 하느라 좀 멀리 나와 있어요. 왜요 엄마?"

"니 아빠가 병원 생활 지겹다고 오늘 저녁에 네 집에 가서 자고 오고 싶다고 외출증 끊으러 원무과에 내려갔응께 그리 알고 있어라."

"알겠어요. 얼른 일 마치고 집에 가 있을게요."

딸내미는 바빠서 잠잘 시간도 없어 죽을 판인데 내심 왜 하필 또 지금 우리 집에 오신다는 거야. 속으로 불만이 있어도 내 부모님이라 어쩔 수 없었다. 너무 바빠서 다른 생각을 할 수 없었던 나는 병원 밥이 지겨워서 하룻밤 딸네 집에 와서 주무시겠다는 뜻으로 해석했다.

주문진에서 일을 서둘러 마치고 헐레벌떡 집으로 달려와서는 급한 대로 마트에 가서 엄마가 좋아하는 어묵이랑 이것저것 반찬거리를 사다가 급하게 저녁밥을 지었다. 후다닥 저녁밥을 차려 부모님께 드렸는데 아버지가 한 숟가락 뜨는 둥 마는 둥 하고는 숟가락을 내려놓았다.

"아빠! 반찬이 입맛에 안 맞으세요?"

"아니다. 밥맛이 없어 그러니 어서 나가서 소주나 한 병 사 와라."

"아빠는 참! 얼마 전에 통풍 걸려서 죽다 살아났잖아요. 그런데 거기다 또 술 드시면 어떡해요. 오늘은 술 드시지 말고 그냥 식사나 하세요."

그날 아버지는 당신 마음도 몰라주는 눈치코치 없는 딸한테 더 이상 어떤 말씀도 안 하고 조용히 엄마 손을 이끌고 병원으로 돌아가셨다. 내 기억에 남은 그날의 기억은 딱 여기까지다. 그다음 이야기는 아버지가 돌아가시고 나서 한참 뒤에 엄마한테 들을 수 있었다.

"너 그날 생각 나냐?"

"언제요?"

"왜 있잖아. 엄마 성모병원에 입원해 있다가 니 집에서 자고 온다고 갔던 날?"

"네 생각나요. 그런데 그게 왜요?"

"그게 마지막이었어."

"뭐가요?"

"니 집에 가기 전에 니 아버지가 그렇게 내 곁에 오고 싶어서 난리를 안 쳤냐. 병원 좁은 침대에서는 보는 눈도 많고 어떻게 할 수가 없으니 나보고 외출증 끊어서 병원 앞 모텔에 가자더라. 그래서 할 수 없이 니 아버지 손에 이끌려 나와 병원 앞 모텔을 찾아갔는데 노인네라 그랬는지 가는 모텔마다 손님이 다 찼다고 안 받아주더라."

그날의 이야기에 갑자기 뭔지 모를 호기심이 생겼다. 그래서 얼른 다음 이야기를 엄마한테 재촉했다. 엄마가 잠시 망설이는가 싶더니 벽에 걸린 아버지 사진을 한 번 쳐다보고는 다시 이야기를 이어갔다.

"그렇게 서너 군데 찾아다니다가 도저히 안 되겠다 싶었는지 나중에는 니 집에 가자고 하더라. 내심 딸이 분위기 좋은 음식점에서 맛있는 음식과 술을 사 주면 기분 좋게 한잔하고 그 기분에 나를 안고 싶었나 보더라."

나는 거기까지 듣고 나서 분명 뭔가 잘못된 것을 직감했다. 전에 시골에서 부모님이 올라오실 때는 가까운 식당으로 모시고 가서 맛있는 것도 사 드리고 아버지 좋아하는 술도 사 드렸다. 그런데 그날은 아버지의 진의를 오해해서 그 바쁜 와중에 밥상을 차려드렸는데, 아버지 생각과 내 생각이 완전히 어긋난 부분이다.

"그런디 니가 눈치 없이 밥상을 딱 하니 차려놓고 먹으라고 안 했냐. 거기다 니 아버지 술도 못 마시게 했잖냐? 그러니까 니 아버지가 부아가 나서 한 숟가락 먹는 시늉만 하고는 내 손을 잡아끌고 다시 병원으로 돌아가자더라. 그 이후로는 니 아버지 기력이 다 돼서 그랬는지 다시는 내 옆에 못 오고, 삼 년 있다 돌아가셨다."

"엄마! 정말요? 왜 그때 귀띔이라도 해주지 않고요. 저는 병원밥이 지겨워서 우리 집에 오신다는 줄 알고 그 바쁜 와중에 밥상 차리느라 고생했는데, 그냥 사 드렸으면 나도 편하고 아빠도 좋았을 것인디…."

돌이켜보면 워낙 바쁘게 이리저리 뛰어다니던 시절이라 부모님 마음까지 헤아릴 여유가 없었다. 그래서 그 상황을 아주 단순하게나 편한 대로 생각했던 것 같다. 점잖은 아버지 체면에 딸한테 쉽게 속내를 말하기도 힘들었을 것이다. 엄마 이야기를 듣고 보니 내가 부모님께 정말 눈치코치 없는 딸년이었다는 생각에 뒤늦은 후회가 밀려왔다.

그때까지 나는 부모님의 성에 대해 단 한 번도 생각해본 적이 없었다. 두 분은 그냥 자식들을 위해 무한히 희생하는 분들로만 생각했다. 내 부모님이 자식들한테 무조건 희생하는 부모이기 이전에 남자와 여자라는 이성이라는 걸 한 번도 생각한 적이 없었다.

그날 나는 아버지 먼저 보내고 쓸쓸해하는 엄마 앞에 술상을 차려 들어갔다. 그리고 싫다는 엄마한테 소주를 따라드리면서 눈치코치 없는 딸이라서 너무 죄송했다고 사죄했다. 소주 석 잔에 얼큰하게 취한 엄마한테 이불을 덮어주며, 지금 같으면 맛있는 음식이랑 술도 사 드리고 분위기 좋은 호텔 방도 얻어드렸을 것인데 세월이 야속하다고 혼자 중얼거렸다.

2부

엄마를 팝니다

정품으로 제작되어 산골에서 평생
한 남자만 바라본 한살림 유기농입니다

팔십평생 삼시 세끼 갈고 닦은
음식 솜씨는
입맛이 까칠한 손자와 다이어트 중인 며느리까지
밥 한 그릇 마파람에 게눈 감추게 만드는
손맛입니다

서두르세요
시간이 얼마 남지 않은 한정판입니다
— 졸시 「엄마를 팝니다」 부분

씨 뿌리는 남자

설날 아침에 가족들이 모여 엄마한테 세배한다.

"엄마! 오래오래 살아서 나를 꼭 지켜주세요. 그것이 엄마의 의무예요."

그러면 엄마가 그러신다.

"오래 살면 니들만 귀찮지. 조금만 더 살다가 니 아버지 곁으로 갈란다."

그날은 세배를 마치고 우리 가족 모두 엄마를 중심으로 빙 둘러앉았다. 그 사이 엄마가 미리 준비한 세뱃돈 봉투를 하나씩 나눠준다. 그런데 이번에는 하나 더 만든 봉투를 둘째 동생 부부한테 주면서 당부하신다.

“이건 이번에 대학 들어가는 우리 손자 몫으로 엄마가 따로 하나 더 준비했다. 할미가 손자 줄라고 열심히 모은 거니까, 꼭 우리 손자 금반지라도 하나 해줘라. 나중에 할미 죽거든 금반지 보면서 우리 손자가 할머니 한번 생각해달라는 뜻이여.”

그러자 조카가 얼른 가방에서 봉투 하나를 꺼내더니 두 손으로 엄마한테 드리는 것이다.

“할머니 항상 저를 예뻐해주셔서 너무 감사합니다. 제가 할머니께 처음 드리는 용돈이에요. 할머니, 제가 앞으로 용돈 많이 드릴 거니까 건강하게 오래오래 사세요.”

이번에 고등학교를 졸업한 조카가 대학 가기 전에 첫 아르바이트를 해서 할머니 용돈 봉투를 따로 준비해온 것이다. 조카가 준 용돈 봉투를 열어본 엄마가 깜짝 놀랐다.

“이십만 원씩이나! 왜 이렇게 많이 넣었어? 대학 가면 너 쓸 것도 부족할 것인디? 나는 참 복도 많은 할미다. 손자한테 이렇게 용돈도 받고. 그러고 보니 니 아버지 생각이 난다. 내가 니 아버지한테

나 데려와서 잘해준 것이 뭐가 있냐고 따졌더니, 대뜸 하는 말이 왜 해준 것이 없어? 훌륭한 아들딸 사남매를 낳아줬잖아? 그러면서 큰소리를 치길래 내가 하도 어이가 없어서 그랬다. 애들은 내가 목숨 걸고 낳아놨는데 왜 당신이 낳았다고 말하냐고 따졌다."

"그랬더니 아빠가 뭐라고 했어. 엄마?"

혼자 살짝 미소 짓던 엄마가 하시는 말씀이, "씨 안 넣어줘도 혼자 애를 낳을 수 있냐면서 되레 큰소리를 치더라. 그러면서 늙어서 자식들 덕분에 호강할 테니 두고 보라고 아주 호언장담하더라. 영락없이 니 아버지 말이 맞는 것 같다. 내가 늙어서 이렇게 우리 손자한테 용돈도 받고 자식들이 잘하는 걸 보면, 니 아버지 말이 하나도 안 틀렸다."

생각해보면 아버지가 큰소리칠 만했다. 완전 비협조적인 엄마를 달래고 얼러서 첫째 둘째 셋째 넷째까지 자식을 낳아줬으니 큰일을 해낸 셈이다. 이렇게 큰일을 해낸 아버지는 집안일은 뒷전이고 온 동네일을 다 챙기는 것도 모자라 불쌍한 사람들 돕는 일에 남은 열정을 다 쏟았다. 그 덕분인지 지금도 엄마가 면 소재지 병원이며 의원에 가면 사람들이 아버지 안부를 묻는다고 한다.

"저 새재 양반 아녀요?"
"네 맞아요."
"거시기 바깥양반은 잘 지내시쥬?"
"그 양반, 죽은 지가 벌써 11년이나 됐어요."

그러면 그동안 아버지 소식을 모르고 계셨던 분들이

"아이구! 그 좋은 양반이 왜 그렇게 일찍 가셨대요."

엄마는 이런 말들을 들을 때마다 평생 빚보증에 조상님한테 물려받은 쥐꼬리만 한 재산마저 다 날리고 돌아가신 아버지에 대한 미움이 조금은 상쇄된단다. 죽고 나서 '못된 짓만 하더니 잘 죽었다'는 말보다는 '그 좋은 양반, 참 좋은 양반' 이런 말을 듣게 해준 아버지가 내심 고맙기도 하고 자랑스럽다며 흐뭇해하신다.

그 일이 있고 나서 며칠 뒤 엄마한테 전화가 왔다.

"퇴근했냐?"
"네에."

"저녁은 먹고?"

"네에."

엄마가 매우 조심스럽게 이야기를 꺼냈다.

"내가 진짜 궁금해서 그러는디 많이 배운 니가 얘기 좀 해줘라."

"뭔데요 엄마?"

"나는 니 아버지랑 살면서 니 아버지가 곁에 와도 한 번도 좋은 걸 몰랐다고 했잖여. 근디 니 아버지 혼자 좋아서 일 보고 내려갔는디 애는 잘도 생겼어. 그래서 그러는디 남자 혼자만 좋았어도 애는 그렇게 잘 생기는 거라니?"

나는 웃음을 겨우 참아가면서 최대한 침착한 목소리로 엄마한테 대답했다.

"맞아요. 엄마, 고것이 남자 혼자만 좋았어도 애는 생기는 거예요. 거시기 있잖아요. 남자 몸에서 정액이라는 것이 흘러나와서 엄마 몸속으로 들어가서 아기가 생기는 거거든요."

"그럼 고것이 한 방울만 들어가도 아기가 생기는 거냐?"

"네에 엄마."

초등학교 문턱에도 못 가본 엄마는 야학하는 용순이 아버지네 창문 밑에서 귀동냥으로 배운 공부가 전부다. 그랬어도 중학교까지 다닌 아버지가 이장이며 새마을지도자를 할 때 아버지 뒤에서 엄마가 모든 중요한 업무 처리를 도맡았을 정도다.

삶의 지혜가 많은 엄마지만 생물이나 성교육에 대해서는 따로 배운 적이 없다. 그래서 내심 애가 어떻게 생겼는지 궁금했던 모양이다. 이런 엄마한테 아버지는 씨를 넣어줬으니 평생 내 할 일은 다 했노라고 큰소리 뻥뻥 치다가 돌아가셨다. 그래서 엄마는 지금 다시 생각해봐도 아버지 말씀이 맞는 것도 같고 아닌 것도 같아 나에게 물어보셨단다. 아버지는 요즘 세상 같으면 말도 안 되는 것을 가지고 평생 큰소리치며 살다 돌아가신 한량이었다.

엄마는 로맨티스트

엄마는 지금도 몸 아플 때가 아버지가 가장 많이 생각나는 순간이라고 말씀하신다. 아버지는 엄마가 아프면 온 세상이 무너진 듯이 걱정을 하며 119를 불러 병원으로 이송했을 정도로 원조 의리파의 면모를 가감 없이 발휘했다. 의리로 똘똘 뭉친 두 분이지만 마지막 길은 함께 갈 수 없다 보니 헤어지는 아픔을 겪어야 했다.

사랑도 그 맛도 몰랐다고 말하는 엄마지만 그 속은 누가 뭐래도 우주 최강 의리파다. 아버지 가시는 그 마지막 순간까지 옆에서 돌보다가 당신 품에서 아버지를 외롭지 않게 보내드렸다. 아버지는 서운하다 싶을 정도로 이른 나이에 빨리 가셨지만, 마지막 눈 감는 순간까지 엄마의 배웅을 받은 부분에서는 행복한 분이셨다.

"니 아빠 요양병원에 있을 때 내가 옆에 있었잖아. 그런데 니 아빠랑 같은 병실을 쓰는 노인네들이 얼마나 눈치를 주던지 내가 아주 힘들어 죽을 뻔했다. 요양병원이라는 곳이 본래 아픈 사람들이 있는 곳이라 보호자가 없잖여. 거기다가 몇 년 동안 보호자가 한 번도 안 찾아오는 사람들도 많더라. 그러니 그런 사람들 눈에 니 아빠가 얼마나 부럽고 질투가 났것냐?"

"그런 일도 있었네요. 그래서 어떻게 하셨어요?"

"응! 니 아버지 잠든 틈에 이것저것 먹을 것을 챙겨서 같은 병실 환자들한테 골고루 나눠주면서 부탁했어. 우리 집 양반은 살날이 얼마 안 남은 사람이다. 그러니 보기 좀 불편한 점이 있더라도 조금만 참아주시면 좋겠다고 간곡하게 얘기했어. 그랬더니 그때부터는 끙끙거린다거나 헛기침 소리를 안 내더라!"

"생각해보면 그럴 수도 있겠네요. 다들 외롭고 쓸쓸한 분이다 보니…."

아버지가 요양병원에 계시는 동안 엄마는 아버지랑 똑같은 식단을 고수했다. 아버지가 못 먹고 누워 있는데 어떻게 혼자 밥을 삼키겠냐며 아버지랑 똑같이 굶으면서 두 달 가량을 견뎌냈다. 지금 생각해보면 환자는 수액이라도 맞았지만, 엄마는 그야말로 강제 다이어트를 한 셈이다.

엄마가 그렇게 아무것도 안 먹고 아버지 옆에 붙어 있는 걸 보고 아버지는 두유와 붕어싸만코 아이스크림을 드시겠다고 자청했다. 사실 아버지는 그조차도 먹을 기력이 없었다. 하지만 옆에서 쫄쫄 굶고 있는 엄마에게 뭐라도 먹일 생각으로 찾아낸 궁여지책이었다. 아버지는 그렇게라도 마지막 눈감는 순간까지 엄마에게 뭐라도 먹이려고 노력하다 돌아가셨다.

엄마가 두유에 빨대를 꽂아 아버지한테 드리면 아버지는 겨우 몇 모금 넘기고 남기셨다. 엄마는 아버지가 먹다 남긴 두유만 빨아 드셨다. 그리고 붕어싸만코 아이스크림 한 개를 둘로 똑같이 나눠 드시곤 했다. 엄마는 아버지가 남긴 두유 몇 모금과 반으로 나눈 붕어싸만코를 먹으면서 거의 두 달여를 견뎠다. 또 아버지는 아버지 나름대로 죽음의 문턱에서 아내를 향한 마지막 사랑을 표현한 셈이다.

이런 아버지의 지극한 사랑에도 엄마는 날이 갈수록 다이어트에 성공한 사람처럼 변해갔다. 20킬로 정도 빠진 엄마는 돌아가실 날만 기다리는 아버지와 비슷한 수준으로 깡말라 있었다. 마지막으로 아버지를 보러 왔던 외가 식구들이 엄마가 더 먼저 죽게 생겼다고 제발 음식 좀 먹으라고 엄마를 붙잡고 울 정도였다.

엄마는 이승에서의 시간이 얼마 남지 않은 아버지에게 물었다고 한다.

"여보! 며칠 있으면 내 생일이잖아~ 내 생일에 나한테 뭐 해줄 거야?"

엄마의 질문을 받은 아버지는 "내가 지금 이렇게 누워 있어서 마음껏 해줄 수가 없네. 대신 당신 생일에 꽃 한 다발 사 주고 밥 한 끼 같이 먹어줄게. 그리고 그동안 당신한테 고생만 시켜서 정말 미안했어. 그러니까 내가 먼저 저세상에 가서 좋은 자리 봐놓고 당신 기다릴 테니까 조금 있다가 꼭 나한테 찾아와! 내가 저세상에서는 당신 고생 안 시키고 호강만 시켜줄 테니 알았지?" 그렇게 말씀하셨단다.

며칠 있으면 돌아가실 아버지한테 내 생일 날 뭐 사줄 거냐고 묻는 엄마는 마지막 순간까지 아버지 앞에서는 천생 여자였다. 비록 나무토막이라는 소리까지 듣고 살았지만 마음만큼은 그 누구에게도 지지 않을 천생 여자였다는 것을 아버지도 잘 알고 계셨나 보다. 그래서 건강하던 시절에 아버지는 틈난 나면 예쁜 장신구를 엄마한테 많이 사다 줬다. 엄마는 아버지가 사다 준 장신구를 벽에 걸어놓고 바라보는 것만으로도 행복해하곤 하셨다.

아버지는 엄마 생일을 며칠 앞둔 날, 집에 가고 싶다며 병원에 퇴원시켜달라고 말씀하셨다. 집에 가서 엄마 꽃다발도 사 주고 밥도 같이 먹어줘야 한다는 이유였다. 하지만 아버지의 간곡한 부탁에도 병원에서 퇴원 승인을 안 해줬다. 결국 아버지는 며칠 더 요양병원에서 있다가 엄마 생일 사흘 앞두고 저세상으로 떠나셨다. 아버지는 마지막 순간에 엄마한테 먼저 가서 좋은 자리 잡아놓을 테니 꼭 당신 곁으로 오라고 말씀하시면서 엄마의 대답을 기다렸다고 한다.

"숨이 막 넘어가려는 참에 속에 소리로 나중에 당신한테 올 거냐고 묻는데, 대답을 안 하면 눈을 못 감을 것 같더라. 그래서 내가 조금 있다가 당신 따라갈 테니 아무 걱정 말고 맘 편히 가라고 해주고 내 손으로 눈을 감겨줬어."

아버지 삼우제 날이 추석인 동시에 엄마 생일날이었다. 아버지 약속대로라면 며칠 더 살아서 엄마랑 밥도 먹고 꽃다발도 사 줘야 했는데 아쉽게도 며칠을 더 못 버티고 떠나신 것이다. 그런데 그날, 엄마는 아버지 삼우제 제사상 위에 빨대 꽂은 두유 한 팩을 올리셨다. 그리고 삼우제가 끝난 뒤에 제사상에 올렸던 두유를 다 빨아 드시면서 하시는 말씀이 "니 아버지! 내 생일에 밥 한 끼는 같이 먹어준다고 하더니 약속 한번 참 잘 지키는 거 봐라."

엄마는 아버지가 돌아가신 그해부터 마당 한 귀퉁이에 꽃밭을 만들어 온갖 꽃들을 심어 가꾸신다. 그리고 가을꽃이 한 아름 필 때면 꽃밭에 나가 마치 아버지가 꽃다발을 한 아름 사 들고 찾아온 것처럼 꽃들과 반갑게 인사를 나눈다. 그러고는 아버지 얼굴을 보듬듯 꽃잎들을 정성스레 쓰다듬는다.

숨겨두었던 고백

시골집에서 우연히 옷 갈아입는 엄마의 젖가슴을 보고 말았다. 마치 한껏 부풀었다 사그라든 바람 빠진 풍선 같았다. 순간 엄마가 내 눈을 의식하신 듯 한마디했다.

"너희 4남매가 다 빨아먹고 남은 거여."
"엄마! 아무리 그래도 그렇지 어떻게 이 정도로 마를 수가 있어?"

집에 돌아온 후에도 자꾸만 빈 젖가슴의 잔상이 한동안 지워지지 않았다. 나는 유독 엄마의 젖가슴에 대한 애착이 남달랐다. 아래 남동생을 제치고 초등학교 6학년이 될 때까지 엄마의 젖가슴을 사수하기 위해 엄마 옆에서 떨어지지 않았다. 막내 남동생이 태어난 뒤에도 막내와 엄마의 젖가슴을 서로 차지하겠다고 매일 밤 전쟁 아닌 전쟁을 벌였다. 오죽했으면 엄마가 나한테 그랬다.

"너 나중에 시집갈 때는 어쩌려구 그러냐?"

그럼 내 대답은 한결같았다.

"시집 안 가던지, 꼭 가야 한다면 엄마랑 같이 갈 건데."

"어디 두고 보자. 시집갈 때 엄마를 데리고 가는지 안 데리고 가는지."

사실 엄마는 최근에 식사를 거르는 날이 많다. 엄마는 평생 남편과 자식을 챙기기 위해 음식을 만들었다. 그런데 이젠 챙길 남편도 자식도 다 떠나고 없으니 더 이상 맛있는 음식을 만들 의미가 없어진 것이다.

"엄마! 이게 뭐야? 제발 밥도 좀 챙겨 드시고, 혼자 먹기 싫다고 끼니 거르지 마시고요."

"요즘 많이 먹어도 이런다. 내가 우리 자식들 속 안 썩이려고 많이 먹고 있어. 이제는 늙어서 먹어도 살이 안 찌니 어쩌겄냐?"

"엄마! 솔직히 말해봐. 누구한테 잘 보이고 싶어서 이렇게 다이어트를 세게 하는 거야? 엄마! 내가 모르는 할아버지라도 어디에 숨겨놓은 거예요? 그래도 그렇지. 요즘 할아버지들은 마른 여자보다 살집이 두툼한 여자를 좋아한다잖아."

그러고 농담을 하면 엄마가 막 웃는다. 아버지가 돌아가신 지 벌써 11년째다. 엄마는 아버지 돌아가신 이후로 더 부쩍 마르기 시작했다. 어른들이 살이 마르면 기력이 빠지고 기력이 없으면 하늘로 돌아가실 때가 됐다고 한다. 요즘 너무 마른 엄마를 볼 때마다 이러다 훌쩍 떠나 버리면 어쩌나 하는 두려움이 불쑥불쑥 올라온다.

내가 뭘 걱정하는지 잘 아는 엄마는 당신 걱정하지 말고 너나 살 뺀다고 밥 굶지 말라고 당부하신다. 그러면서 오만 원권 지폐 두 장을 내 손에 쥐어주면서 꼭 영양제라도 한 대 맞으라고 이르신다. 그러면 내가 엄마가 돈이 어디 있어서 자식들 올 때마다 이러냐고 막 뭐라고 하면 다시금 숨겨놨던 비장의 무기를 꺼내 든다.

"사람들이 엄마한테 다 그러더라. 돈 나올 곳도 없는 양반이 자식들한테는 잘도 준다고. 그래서 하는 얘긴데 엄마 돈 많아. 딸! 너도 알지? 엄마가 골방에서 몰래 돈 만들어서 쓰잖여!"

그러면서 농담을 던진다. 엄마한테 수입이라고는 노령연금과 얼마 안 되는 국민연금 그리고 자식들이 조금씩 넣어드리는 용돈이 전부다. 그 돈을 하나도 안 쓰고 아꼈다가 자식들이 시골에 다녀갈 때마다 영양제라도 하나 맞으라고 주머니에 넣어주신다.

"나는 부자 엄마가 있어서 좋네. 그런데 골방에서 돈 만들 때 딸한테만 살짝 알려주면 안 될까? 내가 비밀은 꼭 지킬게."

그러면 엄마가 막 웃는다. 엄마는 평소에 자식을 위해서라면 당신 살점이라도 베어줄 수 있다는 말을 늘 달고 사셨다. 어떤 때는 나 하나 팔아서 내 자식들만 잘될 수 있다면 얼마든지 팔려갈 수 있다는 말씀도 자주 하셨다. 그런데 이제 엄마는 너무 마르고 쇠약해져서 당신 살점을 베어주고 싶어도 베어줄 수도 없는 바람 빠진 풍선처럼 헐렁하다.

멍멍아! 야옹 해봐!

전화를 받은 엄마가 내 이름을 부르는데, "서정이, 서정…" 말끝을 흐리신다. 용숙이로 50년을 불렀는데 갑자기 서정이라고 부르려니 뭔가 많이 어색하신 모양이다.

"엄마! 그냥 편하게 부르셔요. 갑자기 바꾸려니까 잘 안 되는 것 같은데…"

나의 개명 소식을 듣고 조금 쓸쓸해한 사람은 아들이었고 가장 기뻐한 사람은 엄마였다. 엄마 또한 당신 이름에 대한 불만이 많았다. 엄마 이름은 누가 들어도 딱 남자 이름이다. 엄마는 이름 가운데 한자가 하늘 천(天)자라 평생 이름에 눌려 살았다고 생각했다.

"니 외할아버지는 생각도 없지. 딸 이름에 하늘 천이 뭐냐? 내가 그 이름 때문에 얼마나 힘들게 살았는지 너는 모를 것이다. 그래서 니 고모가 나한테 그랬어. 언니는 이름에 하늘 천(天)자가 들어 있어서 천 가지 속을 다 썩고 사는 거라고. 니 고모 말을 듣고 보니까 그런 것도 같고."

"그건 또 무슨 얘기예요. 엄마?"

"니 고모도 그런 얘기를 했는디, 또 한 번은 어떤 사주쟁이가 그러더라. 당신은 여자 이름에 하늘 천(天)자가 딱 들어 있어서 남편을 이기려고 하면 지아비 부(夫)자가 하늘 천(天)자보다 높아서 남편 앞세우고 청상과부로 살 팔자라는 거여."

엄마는 하늘을 다스린다는 뜻을 가진 이름에 갇혀 사느라 그랬는지 아니면 친정이 바로 머리맡에 있어서 그랬는지 평생 아버지한테 지고 살았다. 그래서 아버지가 밖에서 불쌍한 사람들한테 주머니를 다 털어 주고 들어오거나 세끼 밥 챙기듯 남의 빚보증을 서주고 와도 성질 한 번 제대로 못 내고 살았다.

이런 엄마의 삶을 잘 아는 동네 아주머니들이 한 번은 엄마한테 훈수를 뒀다고 한다.

"아이구 남자는 여자 하기 나름인디 용권 엄마가 맨날 오냐오냐 받아줘서 그러는 거 아니 것어? 한번 작정하고 기를 꺾으면 될 것인다…"

엄마는 그동안 아버지한테 당하고만 산 세월이 하도 억울해서 단단히 각오하고 아버지와 맞장 뜬 일이 있었다고 한다.

"한 번은 무슨 일인가로 서로 의견 충돌이 있었어. 다른 날 같지 않게 속으로 단단히 각오를 하고 내가 니 아버지한테 대들었어. 그랬더니 이 여편네가 무슨 일인가 싶었는지 니 아버지가 더 성질을 부리더라. 그래서 나도 똑같이 소리를 지르면서 대들었어. 그랬더니 옆에 있던 전화기를 집어던지더라. 그래서 나도 질세라 더 큰 물건을 찾아 집어던졌어. 그랬더니 니 아버지가 내가 시집올 때 해온 장롱을 다 때려 부수더라. 그러던 중 장롱서 나온 유리 파편을 니 아버지가 밟았는디 이래 보니까 발에서 피가 철철 나더라."

"큰일 날 뻔했네요. 그래서 엄마는 딱 한 번 대들었다가 바로 꼬리를 내린 거예요?"

"니 아버지 발에서 피가 철철 나는 걸 보니 순간! 이러다가는 누구 한 사람 죽겠다 싶더라. 그래서 내가 얼른 잘못했다고 빌었어. 그랬더니 화가 조금 가라앉은 것 같더라. 그래서 얼른 서랍에서 연고를 찾아다가 발라주고 붕대로 감아줬어."

아버지랑 살면서 딱 한 번 아버지한테 대들었다는 엄마는 이렇게 또 힘없이 꼬리를 내리고 말았던 것이다. 그리고 그다음부터 다시는 아버지를 이겨보겠다는 생각을 안 하고 살았다고 하니 참 순한 분이다.

"야! 니 아버지, 자식들하고 남들한테는 천사였는지 몰라도 나한테는 아주 호랑이보다 더 무서웠어. 니 아버지 생긴 거 좀 봐라. 뱁새눈에다 곱슬머리라 독하게 생겼잖아. 옛 속담에 곱슬머리하고 옥니박이하고는 말도 섞지 말랬다."

엄마는 당신이 이렇게 살게 된 이유가 다 외할아버지가 하늘 천(天)자를 넣어 이름을 지었기 때문이라고 생각했다. 그래서 누구보다 당신 이름에 불만이 컸던 엄마는 딸의 개명 소식을 반겼다. 또 내가 그동안 고생을 많이 했으니 지금이라도 이름을 바꿔서 좋은 일이 생기기를 바라는 눈치셨다.

서른여덟에 그토록 소망했던 대학원에 진학해서 대전에서 경기도 화성까지 통학하던 시절이다. 그날도 다른 날처럼 한신대학교에서 야간 수업을 마치고 수원역에서 밤 11시 20분 기차를 타고 서대전역에 밤 1시에 도착했다. 그 시간에는 대중교통이 다 끊기는 시간이라 집에까지 택시를 타야 했다. 그런데 밤 1시에 여자 혼자 택시를 타는 것도 안전하다고만은 할 수 없는 상황이었다.

또 화성 연쇄살인 사건 이야기가 심심찮게 나돌던 때였기 때문에, 나는 택시를 탈 때마다 운전기사 이름과 택시 번호를 유심히 보고 휴대폰에 저장했다. 만약에 나에게 무슨 일이 생기면 뭔가 증거를 남겨야 한다는 강박 관념이 작용했던 것 같다. 어떤 날은 택시에서 잠깐 조는 사이에 기사가 낯선 길로 방향을 틀기라면 하면 온몸에 털이 다 솟을 정도로 무서웠던 기억도 남아 있다.

그러던 어느 날이었다. 평소처럼 택시를 탔는데 택시 기사가 갑자기 내 이름을 물어봤다. 그래서 이름을 알려줬더니, 다시 내 사주를 물어봤다. 속으로는 뭔 택시 기사가 손님 이름에 사주까지 물어보나 싶어 대답을 망설였다. 택시 기사가 이런 내 마음을 읽은 듯했다.

"저 이상하게 생각하지 마세요. 사실 저는 성명학 하는 사람입니다. 택시는 그냥 아르바이트 삼아 하는 일이구요."

"아, 네."

그 이야기를 듣고 얼른 내 사주를 알려줬다. 그랬더니 내 사주를 들은 기사님이 잠깐 동안 아무 말도 안 하더니 한참 뒤에 어렵게 말을 꺼냈다.

"저 손님! 손님 이름하고 사주하고 잘 안 맞네요. 왜 하필 여자 이름에 맑을 숙(淑)자를 썼을까요. 이 이름은 일부종사 못 할 이름이니 내일 자고 나서 저한테 찾아오세요."

그러면서 명함 한 장을 나에게 건넸는데 당시에는 별생각 없이 듣고 흘려버렸다. 그 이후로 10여 년이라는 세월 동안에 내 인생에 예기치 못한 많은 일들이 회오리쳤다. 그 많은 인생의 역경을 다 겪고 나서 내 삶이 안정기에 접어들었을 즈음에 개명을 결정했다.

작명가한테 받은 새 이름은 내 사주에 없는 남편복과 재물복을 보강한 이름이라고 한다. 그런데 문제는 하루에도 수없이 걸려오는 광고 전화가 내 과거 이력을 다 알고 있다는 듯이 자꾸만 옛 이름을 호명했다.

"저 고객님께서 이용해주신 HD홈쇼핑인데요. 조용숙 고객님

이시죠? 고객 정보에 동의해 주셔서 전화했는데요…."

그러면 나는 단호하게 "저 조용숙 아닌데요. 조서정인데요." 그러고는 전화를 툭 끊어버린다. 나는 하루에도 몇 번씩 너 과거의 조용숙 아니냐고 강요하는 스팸 전화를 받을 때마다 나는 조서정이라고 강하게 주장하면서 씩씩하게 인생 후반기를 살아가고 있다.

엄마는 북극성

호랑이가 죽으면 가죽을 남기고 사람이 죽으면 이름을 남긴다는 말이 있다. 제 이름값은 하면서 살아야 한다는 뜻이리라. 그런 의미에서 엄마는 늘 자기 이름에 대한 부담감을 안고 사셨다. 그도 그럴 것이 엄마 이름에는 하늘 천(天)이 가운데에 턱하니 들어가 있다.

그런데 지난번 대학원 모임 뒤풀이에서 원우 중 한 명이 내가 개명한 이유를 물었다. 나는 농담처럼 대답했다.

"부모님이 지어주신 이름으로 50년을 살았으니 남은 인생은 제 의지로 살고 싶어서 개명했어요."

"예전 이름도 좋았는데…."

이렇게 시작된 각자의 이름에 대한 사연을 이야기하던 중에 내가 한마디를 덧붙였다.

"우리 엄마 이름에는 하늘 천(天)이 가운데에 들어 있어요. 그래서 엄마는 자신이 천 가지 속을 썩으면서 살아온 것 같다고 말씀하곤 했어요."

내 말끝에 옆자리에 앉아 계시던 교수님께서 질문을 던지셨다.

"그럼 어머님 이름 끝자리 한자는 어떻게 되는데?"
"그건 잘 모르겠어요. 여쭤본 적이 없네요."

나는 왜 엄마가 그토록 여러 번 말씀하셨던 하늘 천만 기억하고 있었을까? 끝자리 '규'자에 대한 한자는 왜 한 번도 궁금해하지 않았을까? 그래서 집에 돌아와 엄마한테 여쭤봤다.

"엄마! 엄마 이름 끝자리 '규'자 한자가 어떻게 돼요?"
"응? 그건 나도 모르겠네, 외삼촌한테 물어봐서 알려줄게."

사실은 엄마가 가운데 하늘 천(天)만 이야기했던 것도 '규'자에 대해서는 한 번도 인식하지 못한 탓이었던 것 같다. 어쩌면 그 옛날 점쟁이가 한 말 때문에 '규'자를 잊고 살았는지도 모른다. 그다음 날 엄마한테 전화가 왔다.

"서정. 딸!"

"응. 엄마!"

"엄마 이름에 있는 '규'자는 별 규(奎)자야. 엄마가 외삼촌한테 물어봤어."

이렇게 엄마는 여든한 살까지 모르고 살아온 당신 이름의 퍼즐을 맞추게 됐다.

"헉! 우리 엄마, 하늘 천(天)에 별 규(奎)? 엄마! 대박인데! 엄마는 하늘에서 반짝반짝 빛나는 별이었어! 왜 그걸 여태 모르고 살았을까?"

여든한 살에 그동안 모르고 살았던 당신 이름의 퍼즐 조각을 맞추게 된 엄마도 기뻤던 모양이다.

"그래서 내가 학교 근처도 못 가봤어도 한글이랑 천자문까지 익힐 수 있었나 보다. 맞아 그래서 우리 딸이 엄마를 닮아 똑똑해서 그 어려운 책도 쓰고 그러는 거여."

엄마는 보름달이 밝게 떠오른다는 추석날 아침에 태어났다. 추석날 밤에 태어났으면 더 좋았을까 싶기도 하지만 엄마는 늘 그렇게 자식들을 위해 낮부터 밤까지 반짝이던 별빛 같은 인생을 살아왔다.

아빠가 빚보증으로 얼마 안 되는 가산을 전부 탕진했을 때도, 할머니가 병환으로 10년 동안 기저귀를 차고 누워 계실 때도, 내가 이혼의 상처에 울고 있었을 때도, 코로나19로 오빠의 여행사가 존폐 기로에 서 있었을 때도… 엄마는 언제나 중심을 잡고 우리 가족을 어둠에서 인도해준 북극성이었다.

누구도 엄마가 하늘에 떠 있는 북극성이라는 사실을 몰랐던 그 순간에도, 엄마는 자신의 빛을 잃지 않기 위해 항상 서에 번쩍 동에 번쩍 우리 집안을 이끌어왔던 것이다.

엄마가 드디어 큰소리를 쳤다

평생 아버지한테 지고 살았던 엄마가 아버지한테 큰소리를 치게 된 사건이 있었다. 그것은 바로 예기치 못한 사고 때문이다.

아버지는 워낙 농사일이나 집안일에 많이 서툴렀다. 그런데도 노년에 일을 좀 해보겠다고 경운기를 하나 장만했다. 평소에 아버지는 고장 난 기계를 고치거나 간단한 전기 수리 정도는 거뜬히 했던 분이다. 그래서 젊은 시절에 축적된 기계 수리에 대한 자신감으로 호기롭게 경운기 운전에 도전장을 냈다.

경운기는 주로 고추를 따서 싣고 오기 위한 도구였다. 집에서 조금 멀리 떨어진 도롱골 밭에 고추를 심었기 때문에 밭에서 고추를 몇 포대씩 따서 집까지 옮겨오는 일은 도구가 없으면 힘들었다. 그런데 경운기 운전에 자신감을 가졌던 처음 예상과 달리 아버지는 생각 외로 경운기 운전에 서툴렀다. 그래서 경운기를 아기 다루듯이 조심조심 몰고 나가곤 하셨다.

그날도 아버지가 엄마를 운전석 옆자리에 태우고 고추밭에 가기 위해 경운기를 끌고 나갔다고 한다. 아버지가 경운기를 운전해서 밭에 가던 중에 낭떠러지가 있는 오르막길에서 운전대를 잘못 틀어 순식간에 경운기가 벼랑으로 굴러떨어졌던 것이다. 그 순간 아버지는 본능적으로 경운기에서 뛰어내렸는데 엄마까지 챙길 여력은 없었나 보다.

결국 엄마는 경운기와 함께 벼랑으로 굴러떨어졌다. 밭에서 일하다가 경운기 추락 사고를 목격한 동네 사람들은 엄마가 죽었을 거라고 걱정하면서 사고 현장으로 모여들었단다. 그런데 모두의 예상과 달리 엄마가 기적처럼 살아 있었다. 하늘이 도운 것인지, 엄마는 엎어진 경운기 밑에서 스스로 걸어 나온 것이다. 다행히 부상은 다리와 팔 등에 타박상만 입은 정도였다.

아버지는 그 사고 이후로 엄마한테 더 이상 큰소리를 못 치고 살았다. 절체절명의 순간에 자기만 살겠다고 뛰어내리느라 아내를 챙기지 못한 죄책감이 컸던 모양이다. 엄마는 그런 아버지의 심리를 이용해서 처음으로 아버지한테 큰소리를 칠 수 있게 되었다.

지금 생각해보면 당시 아버지의 행동이 이해될 것도 같다. 사람인 이상 그 순간에 본능적으로 행동할 수밖에 없었을 테니 말이다. 너무 놀라 당황한 나머지 옆에 아내가 타고 있다는 사실조차

까마득히 잊었을 테니, 아버지에게 죄를 물을 수는 없는 것이다.

올해로 아버지 돌아가신 지 딱 11년째다. 그런데 여태껏 엄마는 마당가에 세워놓은 경운기를 그대로 두고 바라보고 있다. 한번은 바닷가에서 쓰겠다며 경운기를 사러 온 사람이 있었는데 엄마가 팔지 않았다. 지금이라도 경운기를 팔면 어떻겠냐고 말하면 엄마는 아무 대답을 안 하신다. 엄마는 그렇게라도 낡아가는 경운기를 보면서 아버지에 대한 그리움을 보상받는 것 같다.

슈퍼맨과 슈퍼우먼이 살았던 집

아버지는 초긍정으로 한평생을 살다 갔다. 그래서 아버지 사전에 나쁜 사람은 한 명도 없고 '안 돼'라는 단어도 찾기 힘들었다. 사람들은 초긍정 아버지를 '그 좋은 양반'이라고 불렀다. 아버지가 그 좋은 양반으로 살아가는 동안 엄마는 슈퍼우먼의 초능력을 발휘하며 살았다.

봉사에 최적화된 아버지는 마을 사람들의 복지와 권리를 찾아주기 위해 자신의 역량을 200% 이상 끌어올렸다. 그럴 때마다 아버지도 초능력자가 아닌가 하는 의심이 들 정도였다. 아버지의 장점은 사기꾼까지 좋은 사람으로 다 품어주는 넓은 아량이었다. 그래서 사기꾼들은 큰 노력 없이 아버지를 속여서 빚보증을 세웠다.

누구보다 결단력과 추진력이 좋았던 아버지는 자신의 믿음에 충실했기 때문에 사내대장부답게 선결정 후수습의 자세를 평생 유지했다. 이런 아버지의 결단력으로 한때 우리 집이 방앗간집이 될 뻔했다는 나름 화려한 경력도 꼭 챙기고 싶은 부분이다.

“니 아버지가 어떤 놈한테 속아서 다 썩은 방아를 샀더라. 그런 중요한 결정을 하면서 나한테 한 번도 의논한 적도 없어. 일단 일을 저질러놓고 문제가 생기면 그냥 이불 싸매고 눕는 거라. 그럼 내가 나서서 해결할 수밖에 없었어. 저 아랫마을 사람하고 둘이 동업으로 샀는데 나중에는 니 아버지 혼자 다 떠안은 거야. 그래서 내가 그 빚 갚느라 산에 가서 창출 캐고 잔대 캐면서 엄청 고생했어.”

사실 엄마를 강하게 키운 것은 어디까지나 아버지의 공이 컸다. 아버지는 엄마가 힘들게 농사짓고 산에 다니며 약초 캐서 빚을 갚아놓으면 엄마가 약해질 시간을 주지 않고 곧바로 다른 일을 만들었다.

“니 아버지가 이장 볼 때 일이여. 동네 사람들이 비료 팔아달라고 맡긴 돈을 술집에서 다 날린 거여. 술집 여자가 순진한 니 아버지를 꼬드겨서 비료 팔아야 할 돈을 다 술값으로 탕진하게 만든 거지. 당장 동네 사람들은 비료 내놓으라고 난리 나게 생겼는디 큰일 났다 싶더라.”

그날 술에서 깬 아버지는 자기가 간밤에 무슨 일을 저질렀나 싶어 어쩔 줄 몰라 했다고 한다. 누구보다 마을 일에 진심이던 자신이 어쩌다가 술집 여자한테 홀려서 동네 사람들이 비료 사달라고 맡긴 돈을 다 탕진했나 하는 자괴감에 무척 괴로워했다고 한다. 그 광경을 지켜보던 할머니가 상황 수습에 나섰다는데⋯.

"니 할머니가 태어난 지 몇 달 안 되는 니 오빠를 포대기에 싸안고 나와서 나한테 하는 말씀이 암만해도 아비는 틀린 것 같으니까 우리 집안 대 이어줄 이 아이나 잘 키워달라면서 얼른 먼 곳으로 도망가라고 하더라. 그런데 내가 그렇게 도망가면 가뜩이나 맘약한 니 아버지가 정신줄 놓을 것이 불 보듯 뻔한디, 내가 도망갈 수가 있었겠냐. 그래서 메기로 어디로 뛰어다니면서 급전을 빌려서 농협 이 서기한테 비료 좀 구해달라고 부탁했어. 비료 못 구하면 애 아비가 동네에서 쫓겨나게 생겼다고. 말도 마라. 니 아버지 속 썩인 걸 어떻게 다 말로 얘기한다냐."

당시엔 돈이 있어도 농협에 비료가 떨어진 상태라 맘대로 살 수도 없어서 더 설상가상이었단다. 어쨌든 위기 상황에서 초능력을 발휘한 엄마 덕분에 겨우 비료를 구해다 동네 사람들한테 나눠줬고 아버지는 꽤 능력 있는 이장으로 평가받으면서 오랫동안 이장 일을 계속할 수 있었다고 하니 세상사 참 재미있다는 생각이 든다.

하지만 내 기억 속에 있는 아버지는 누구보다 멋진 분이었다. 다른 동네보다 빠르게 마을에 전기를 끌어왔고, 이장 재직 기간에 마을회관을 세 번이나 지었다. 또 내가 어린 시절에는 앞장서서 새마을운동을 해서 텔레비전에서도 가끔 얼굴을 보여주는 슈퍼맨 아버지였다. 그리고 꼭두새벽마다 마을회관 엠프(확성기)에서 <새마을 노래>를 틀어 마을 사람들을 깨워 일터로 내보냈다.

새벽종이 울렸네~ 새 아침이 밝았네
너도 나도 일어나 새마을을 가꾸세

아버지가 생전에 유일하게 불렀던 노래는 <새마을 노래>와 <과수원길> 딱 두 곡이었다. 나도 아버지를 닮아 음치인데 아버지도 음치였던 것 같다. 그나마 새마을 지도자를 하면서 하도 들었던 터라 <새마을 노래>는 겨우 부르셨었다.

아버지는 또 무슨 기념일 날만 되면 술이 얼큰하게 취해 <새마을 노래>를 흥얼거리면서 기관장 상장을 받아들고 집에 오셨다.

그래서 우리 집 벽에는 아버지가 받은 온갖 상장들로 도배가 되어 있었다. 워낙 상장을 많이 받은 아버지는 자식들한테까지 상장을 타 오라고 닦달하지 않았다.

학기 말에 다른 아이들이 가정통지표에 도장을 받을 때마다 부모님에게 종아리를 맞는다든지 또는 엄청 혼이 난다는 말을 들을 때마다 그런 말들이 나에겐 무슨 외래어처럼 들렸다. 우리 아버지는 한 번도 공부하라는 소리를 안 하고 나는 그냥 너를 믿는다고만 말씀하셨다. 하지만 나는 우등생 오빠와 달리 아버지의 믿음을 보란 듯이 배신하느라 꼴찌 근처에서 신나게 놀다가 초등학교를 졸업했다. 지금 생각해보면 그 시절이 내 인생에서 가장 평화로운 시절이었다.

그날의 뻥튀기 사건

엄마와 할머니의 관계가 돈독했던 어느 날, 문제의 뻥튀기 사건이 발발했다. 구멍가게 하나 없는 조용한 산골 마을에 가뭄에 단비처럼 뻥튀기 장사가 찾아왔다. 뻥튀기 장사는 회관 마당에 뻥튀기 기계를 펼쳐놓고 뻥이요! 소리 한 번으로 사람들을 불러 모았다. 동네 꼬맹이들은 산타클로스 할아버지를 마중하듯 광에서 쌀과 콩 등을 챙겨서 회관 마당으로 모여들었다.

회관 마당에 가장 먼저 도착한 아랫집 할머니가, 챙겨 간 곡식보다 몇 배로 불어난 뻥튀기 자루를 들고 아래뜸으로 걸어 내려오는 모습이 내 눈에 포착됐다. 잠시 후 아랫집 할머니가 아직 온기가 남아 있는 뻥튀기를 바가지에 한가득 퍼 담아 우리 집 담장을 넘어왔다. 담장은 내 가슴 정도 높이였는데 이웃끼리 서로 편하게 왕래할 수 있도록 일부를 허물어놨었다

아랫집 할머니가 우리 할머니 앞에 뻥튀기 바가지를 밀어놓으며 따뜻할 때 잡숴 보라고 하는 말이 내 귀에까지 전해졌다. 그러거나 말거나 나는 마루에 까치발을 딛고 서서 엄마가 밭에서 들어

오기만 눈 빠지게 기다리는 중이었다. 엄마를 마루에 서서 한참을 기다렸는데도 안 들어오는 걸로 봐서 저녁때나 들어올 것 같았다. 뻥튀기 아저씨는 금방이라도 우리 마을을 떠날 기세였다. 그래서 급한 마음에 냅다 밭으로 뛰어갔다.

"엄마! 다른 집은 다 튀밥 튀는데 나도 튀밥 먹고 싶어."

"그럼 광에 가서 쌀 한 되랑 보리쌀 한 되 가지고 가서 튀겨 먹어."

어린 딸이 밭에까지 뛰어와서 졸라대는 데다 엄마도 내 똥고집을 잘 알고 있던 터라 쉽게 허락했다. 나는 뻥튀기를 튀겨도 된다는 엄마의 허락을 받고 신이 나서 얼른 집으로 뛰어왔다. 그때까지도 회관 마당에서는 아직 뻥이요! 소리가 간간이 우리 집 담장을 넘어왔다. 아직 안 튀긴 집들이 있으면 빨리빨리 나오라고 재촉하는 소리였다. 집에 뛰어 들어온 내가 광에서 쌀과 보리쌀을 챙겨 막 대문을 나서려는 순간이었다.

"지지배가 밥 처먹고 배지가 부르니까 벨 짓을 다한다. 당장 쌀하고 보리쌀 제 자리에 갔다 두지 못혀?"

"엄마가 튀겨 먹어도 된다고 했는데 할머니가 무슨 상관이래요? 할머니는 내가 튀겨 오면 그냥 편하게 얻어 드시면 될 거 아니에요!"

"뭐여~ 어디서 지지배가 지 할미한테 바락바락 대들고 지랄이여! 니 어미가 그렇게 가르치던? 니 어미 당장 들어오라고 혀."

앞으로 어떤 일이 전개될지 전혀 예상하지 못한 나는 할머니가 한 말을 엄마한테 그대로 전달했다. 잠시 후 엄마가 마당으로 들어섰다. 그때 마루에서 기다리고 있던 할머니가 고함쳤다.

"니가 니 딸년을 지 할미한테 대들라고 가르쳤냐? 어디 밥 처먹고 배지가 부르니까 아무짝에서 쓸모없는 지지배가 군입정거리나 찾고 지랄한다냐? 다 필요 없으니께 이 집하고 논하고 다 내 남편이 남겨준 거니까, 니들 여섯 식구 당장 내 집에서 나가버려라."

엄마가 마당에 납작 엎드려 할머니한테 잘못했다고 싹싹 빌기 시작했다. 그 모습을 본 내가 할머니한테 씩씩거리면서 더 큰 소리로 대들었다.

"할머니는 여자 아녀? 왜 할머니도 여자면서 여자가 여자를 구박하는디? 그리고 엄마가 뭔 잘못이 있간디? 내가 튀밥 먹고 싶어서 튀겨 먹겠다고 엄마한테 조른 것인데 할머니는 만만한 사람이 엄마밖에 없어? 왜 나한테 뭐라고 하지 죄 없는 엄마한테 난리를 치고 그러는디?"

나도 악이 오를 대로 올라서 목에 핏대를 세워가며 할머니한테 바락바락 대들었다. 그 상황을 지켜보던 엄마가 나를 붙잡고 할머니한테 그러지 말라고 말렸다.

"너 왜 할머니한테 바락바락 대들고 그러는 거여? 이럴 거면 너랑 나랑 같이 농약 먹고 죽자."

엄마도 할머니 앞에서 악에 받쳐 길길이 날뛰는 어린 딸을 주저앉히기 위해 얼결에 내뱉은 말이다. 그 순간 나는 같이 죽자는 엄마의 말에 쏜살같이 굴뚝으로 달려갔다. 그러고는 굴뚝에 있는 농약병을 들고 뛰쳐나와, 눈을 부릅뜬 채 할머니 보란 듯이 농약병 뚜껑에 손을 대고 악을 썼다.

"할머니 잘 봐유! 할머니가 아무 죄도 없는 엄마를 구박하니까,

내가 오늘 엄마랑 같이 할머니 앞에서 농약 먹고 죽어버릴 테니까. 두 눈 부릅뜨고 똑똑히 잘 보시라구요."

마당에 엎드려 있던 엄마가 번개처럼 일어나서 농약병 든 내 손을 순식간에 뿌리쳤다. 그러고는 헛간에 쌓아둔 바싹 마른 잔솔가지 한 다발을 들고나와, 할머니 앞에서 보란 듯이 내 등짝을 사정없이 후려쳤다.

"뭔 지지배가 겁도 없이 농약병을 들고 설치고 지랄이여? 그냥 할머니한테 잘못했다고 싹싹 빌면 쉽게 끝날 일을…."

엄마가 힘껏 내리친 나뭇가지가 내 등짝에서 뚝뚝 부러져 나갔다. 태어나서 처음으로 엄마한테 맞은 날이다. 우리 부모님은 평소 매를 드는 분들이 아니었다. 그 광경을 지켜본 할머니가 그제야 분이 좀 풀렸다는 듯이 안방으로 들어가 문을 닫아걸었다. 엄마는 할머니가 방으로 들어간 것을 확인한 후 매질을 멈추고 나를 인적 없는 굴뚝으로 데리고 갔다.

"앞으로는 할머니한테 대들지 마라. 엄마는 여태 할머니한테 말대꾸 한 번 안 하고 살았어."

사실 엄마는 효부상을 탈 만큼 세상이 다 인정하는 효부였다. 아버지는 남에게는 좋은 사람이었지만 할머니한테까지 살가운 아들은 아니었다. 할머니는 아버지가 당신을 서운하게 하면 골방에 누워 단식 투쟁을 벌이셨다고 한다. 그러면 엄마가 밥상을 차려 들고 들어가 아버지를 대신해서 할머니께 용서를 빌었다는데….

"엄니, 화 풀고 진지 잡슈셔유."

그러면 할머니는 아들에게 시위하듯 투쟁 강도를 높였다.

"내가 이런 대우를 받고 더 살아 뭐 한다냐. 나 밥 안 먹으련다. 지느무 새끼가 내 속에서 나왔지 어디서 나왔다고 나한테 큰소리를 치냐 말이여?"

"엄니! 그런 아들이라도 있으니께 저 같은 며느리를 보셨잖아요. 아비 대신 제가 빌 테니까 얼른 한 숟가락이라도 뜨셔요. 엄니!"

지금 생각해보면 할머니에게 살갑게 대하지 않았던 아버지의 처세에는 고부 사이를 돈독하게 만들기 위한 고도의 전략이 숨겨져 있지 않았을까 싶은 생각이 든다.

엄마는 오랜 시간 할머니를 모시고 살면서 누구보다 할머니의 성격을 잘 파악하고 있었다. 그래서 그날 천둥벌거숭이처럼 날뛰는 어린 딸과 고집스러운 할머니 사이에서 발생한 돌발 상황을 순발력 있게 잘 해결하셨다. 할머니도 느낀 바가 있으셨는지, 그날 이후로는 성깔 더러운 손녀딸을 더 이상 건들지 않으셨다.

시엄니 똥 수발 10년 세월

홀로 사는 노인들은 외로움을 많이 타는데 그 외로움이 노인성 치매를 앞당긴다고 한다. 그래서 그런지 시골에 혼자 사는 엄마는 최근에 부쩍 외로움을 많이 탄다. 그러면서 옛날에 있었던 일은 환하게 다 기억이 나는데 최근에 있었던 일은 잘 생각이 안 난다면서 오래전에 돌아가신 분들 이야기를 많이 한다. 얼마 전에는 할머니 이야기를 꺼내셨다.

"내가 가만히 생각해보면 니 할머니가 참 불쌍했어."

"왜요 엄마?"

"니 할머니는 본래 몸이 불편하셨기 때문에 처음부터 니 할아버지가 살림을 도맡아 하셨어. 그러다가 니 할아버지 돌아가시고 나서는 내가 살림을 맡아 했지. 그랬으니 살림 맛을 알았것냐? 사는 재미가 있었겄냐? 지금 생각하면 몸도 불편하신 양반이 니들 사남매 다 키워주셔서 내가 산에 다니면서 약초도 캐고 농사도 지을 수 있었던 거여."

"뭐! 그렇기도 하고 아닐 수도 있고 그런 것 같은데요. 나는 어렸을 때라 할머니가 우리를 돌봐준 것보다 엄마를 힘들게 했던 것밖에 생각이 안 나요…. 하긴 엄마 산에 가고 없을 때 우리가 학교 갔다 집에 오면, 할머니가 밀가루 반죽에 콩 넣고 넓적한 빵을 쪄놨다가 주긴 했어요. 감자도 쪄 주고, 고구마도 쪄 주고…. 나는 그때 그런 것들을 간식으로 생각했는데 나중에 알고 보니 쌀을 아끼려고 해주셨던 거였어요."

"어제는 내가 니 할머니 산소에 가서 큰절 올리고 술 한 잔 따라드리면서 내가 그랬다. 엄니! 우리 애들 잘 키워주셔서 정말 고마워요. 몸도 성치 않은 양반이 힘들었을 텐데 그때는 사는 일에 쫓겨 엄니 고마운 것도 모르고 살았네요. 그렇게 말씀드리고 왔다."

내가 초등학교 4학년 정도까지는 할머니가 우리한테 간식도 만들어 주고 소소한 집안일도 도왔다. 아주 가끔은 어딘가에 있다는 친정에도 다녀오셨다. 또 엄마가 산에서 꺾어 온 고사리를 삶아서 멍석에 널어놨다가 고사리가 빼들빼들 마르면, 손바닥으로 비비는 일 등을 거들었다. 가끔은 아랫집에 가서 아랫집 할머니랑 이야기를 나누다 오시곤 하셨다.

그런데 어느 날인가부터 할머니가 아랫목에 누워 꼼짝하지 않으셨다. 어린 우리들도 뭔가 이상한 낌새를 눈치 챘지만, 할머니가 방에서 똥오줌을 옷에다 싸고 있다는 말을 차마 입 밖으로 내뱉을 수는 없었다. 그러는 사이 퀴퀴한 냄새가 우리 가족을 완전히 점령해버렸다.

그때부터 우리 사남매는 편찮은 할머니와 10년 동안 한 방에 뒹굴면서 함께 살았다. 온 식구가 할머니 방에 모여 같이 밥 먹고 텔레비전을 보면서 저녁 시간을 보냈다. 물론 나는 다른 방에서 잤지만, 오빠나 남동생은 할머니 옆에서 잘 정도로 할머니에 대한 남다른 애정을 과시했다. 그래서 할머니가 오빠와 남동생을 더 예뻐했었다.

동네 사람들이 어쩌다 우리 집에 오면 방에는 안 들어오고 토방에서 이야기를 나누다 돌아가곤 했다. 그러면서 그 집 식구들은 다들 코가 막혔나, 어떻게 냄새나는 할머니하고도 잘 지내는지 모르겠다며 우리 사남매를 신기한 듯 바라보는 사람들이 대부분이었다. 하지만 우리가 할머니랑 아무렇지 않게 잘 지낼 수 있었던 것은 할머니를 대하는 부모님의 모습에서 배웠던 것 같다.

할머니 산소에 다녀왔다는 엄마 말을 듣다 보니 할머니에 대한 궁금증이 생겼다. 그래서 엄마한테 그때 할머니가 왜 갑자기 몸져

눕게 됐는지 여쭤봤다.

“엄마! 할머니 살아 계실 때 엄마가 할머니 똥 빨래를 빨았잖아요? 그런데 할머니는 어쩌다가 그렇게 되신 거예요?”

“응. 그게 니 독일 삼촌이 월남에서 돌아와서 니 할머니한테 금반지 석 돈을 해드리고 니 삼촌은 바로 독일로 떠났지. 그런데 어느 날, 니 할머니가 금반지를 빼서 나한테 주시더라. 그래서 내가 그랬지. 엄니가 끼우다가 나중에 돌아가실 때나 주셔요. 그랬지.”

“그래서 할머니가 돌아가실 때 엄마한테 금반지를 주셨어?”

“아니, 그 뒤로 얼마 후에 니 할머니가 그 금반지를 빼서 나한테 주면서 그러더라. 저기 읍내에 용한 침쟁이가 있다는데 나처럼 똥 못 싸는 사람을 많이 고쳤다고 하더라. 그러니까 니가 이 반지를 내다 팔아서 나를 그 침쟁이한테 데려다줬으면 좋겠다. 잘 고친다고 하니 내 병을 고쳤으면 좋겠다고 부탁을 하시더라.”

“그래서 할머니는 병을 고쳤어?”

“아니, 고치긴 뭘 고쳐. 할머니 말대로 금반지를 팔아서 그 침쟁이한테 모시고 갔어. 그랬더니 그 침쟁이가 니 할머니 똥구멍 주변에 빙 돌려 침을 놓더라. 그렇게 침 치료를 받던 중 할머니 똥구멍 괄약근이 다 썩어서 빠져버린 거여. 그때부터 똥구멍을 오므릴 수 없게 돼서 니 할머니가 10년 동안 기저귀 차고 누워서 살다가 돌아가셨어."

"그 돌팔이 침쟁이가 할머니 항문을 완전 못 쓰게 만들었네. 지금 같으면 엄청난 의료사고인데 슬프네! 엄마."

나는 이런 사연이 있는 줄은 꿈에도 몰랐다. 여하튼 그때부터 엄마는 10년 동안 논일에, 밭일에 산에 가서 약초까지 캐면서 아침 저녁으로 할머니 똥 기저귀를 빨아댔다. 그 궂은일을 도맡아 하면서도 엄마는 할머니가 미안해할까 봐, 한 번도 싫은 내색을 안 하셨다. 할머니도 그런 엄마한테 미안했던지 한번은 이렇게 말씀하셨다고.

"왜 니 시아버지는 나 안 데려간다냐?"

"아이구! 엄니도 참! 아버님이 아직까지 엄니 기다리고 계시것슈? 벌써 다른 양반 만나 새장가 가셨을 거예요. 그러니까 아버님한테 엄니 데려가란 말씀은 이제 하지 마셔요."

당신 때문에 고생하는 며느리에 대한 할머니의 미안한 마음이 느껴지는 대목이다. 어쨌든 할머니는 10년 동안 엄마의 수발을 받으며 누워 지내다가 돌아가셨다. 그 사이 엄마의 고생은 말로 표현할 수 없었다. 할머니가 누워서 똥을 싸도 엄마는 할머니가 드시고 싶다는 음식을 꼬박꼬박 챙겨드렸을 정도다. 10년 동안 힘든 삶을 이어가던 할머니는 결국 그토록 그리워하던 둘째 아들을 못 보고 눈을 감으셨다.

그때 할머니의 부음을 받은 종조할아버지가 할머니 상을 치르러 오시면서 엄마 보약 스무 첩을 지어왔다. 종조할아버지는 엄마한테 그동안 고생 많았다면서 이제 질부 몸부터 챙기라고 말씀하셨다. 또 작은아버지도 형수님 그동안 고생 많았다며 엄마한테 감사 인사를 했다. 실제로 엄마는 그날 할머니 상을 치르면서 고생했다는 말을 가장 많이 들었다.

아버지가 부여군에서 그 좋은 사람으로 유명세를 날렸다면 엄마는 소문난 효부로 사람들 입에 많이 오르내렸다. 그렇게 할머니를 보내드리고 난 뒤에 엄마는 한동안 집이 텅 빈 것 같다며 많이 허전해하셨다. 10년 똥 수발에 질릴 만도 했을 텐데 오히려 할머니를 그리워하는 엄마가 당시에는 이해가 잘 안 됐다. 그런데 이제는 나도 아이들을 키워보니 조금은 알 것 같다.

엄마를 팝니다

아버지 돌아가신 지 어느덧 11년, 3년 있다가 따라간다는 약속을 지키지 못한 엄마는 3년을 갱신할 때마다 소주 한 병과 간단한 안주를 챙겨 아버지 묘소를 찾는다.

"여보! 나 애들 속 안 썩이고 당신한테 갈 수 있게 나 잠자고 있을 때 가만히 안아서 데려가요. 근디 지금은 아니고 조금만 더 있다가 애들 속 안 썩일 정도 됐다 싶으면 그때 당신 곁으로 데려가줘요. 그런디 나 요즘, 애들 들기름 짜 주려고 깨 모종하고, 옥수수 심고, 나름 바쁘게 살고 있으니까 조금만 더 기다려줘요."

엄마는 유달리 자식들한테 부담 주는 것을 경계한다. 그래서 아버지 돌아가셨을 때도 요양병원 병원비를 당신이 먼저 다 계산했다. 아버지 병원비는 엄마가 해결했지만 당신은 자식들 몫이라고 생각하신다. 그래서 엄마는 나중에 당신이 병원에 오래 앓아누워 있으면서 자식들 고생시키게 될까 봐 동네 어르신 몇 분을 설득해서 서둘러 연명치료의향서에 서명했다. 그런데 연명치료의향서에 서명하고 온 뒤부터 엄마가 조금 달라졌다.

"니 아버지 왜 나 안 데리러 온다니?"

엄마가 이런 얘기를 할 때마다 내가 꺼내 드는 비장의 무기가 있다. 그건 바로 아버지도 저세상에서 새장가 가신 것 같으니 엄마도 멋진 할아버지 한 분 만나서 아버지한테 못 받은 프러포즈 받고 시집도 한 번 더 가라고 슬슬 농담을 던진다. 그러면 엄마도 센스를 발휘해서 바로 농담을 받아친다.

"그랴? 그럼 어디 참한 노인네 하나 니가 알아봐라. 그란디 나는 눈이 높아서 웬만한 노인네는 내 눈에 안 차니께, 저그 텔레비전에 나오는 잘생긴 저 젊은 양반 있잖여. 그런 노인네로 알아봐라."

그러면 내가 얼른 농담의 고삐를 당겨 엄마가 좋아하는 이상형을 알려달라고 졸라댄다. 이쯤 되면 농담 배틀에 대한 엄마의 승부욕이 슬슬 발동한다. 그도 그럴 것이 자식들이 워낙 엄마한테 농담을 자주 한 덕분에 요즘 엄마의 농담 실력이 자식들을 능가 할 정도로 발전했다.

"그럼 지금부터 내 이야기를 잘 듣고 꼭 그런 사람으로 데려와야 한다. 일단은 나이는 나랑 동갑이어야 하고, 또 내가 이 집을 떠나서 다른 곳에 가서 살 수는 없으니께, 나한테 장가올 사람으로 골라봐라. 그냥 우리 집에 와서 내가 해주는 밥이나 맛있게 먹어주고 나 심심하지 않게 도란도란 얘기나 해줄 사람이면 된다."

"엄마! 결혼 조건이 너무 좋아. 이 정도 조건이면 할아버지들이 동구 밖까지 줄을 서겠는데? 그리고 이 조건이면 연하도 가능한디, 연하는 어때 엄마?"

"아녀~ 나는 딱 동갑이 좋아!"

그러면서 엄마가 한마디를 덧붙인다.

"내가 그때 딸 하나 안 낳았으면 어쩔 뻔혔냐. 딸이 있으니까 이렇게 실없는 농담도 하고 참말로 우습고 재밌다."

엄마랑 농담을 주고받다 보니 농담의 행간에서 엄마의 외로움이 물씬 느껴졌다. 엄마는 11년 전에 아버지를 먼저 보낸 뒤부터

줄곧 혼자 시골집을 지켜왔다. 하루 종일 대화 상대가 없으니 어떤 날은 말 한마디 안 하고 넘어가는 날도 많다. 그래서 요즘 엄마의 유일한 낙(樂)은 TV 드라마 보는 것이 전부다.

왜 우리 엄마라고 쫄깃한 연애에 대한 환상이 없었을까. 평생 제대로 된 연애 한 번 못 해본 엄마한테 마음씨 착한 남자 친구라도 생겼으면 좋겠다고 생각해본 적이 있었다. 그 마음을 담아 두 번째 시집 『어디서부터 어디까지를 나라고 할까』에 「엄마를 팝니다」라는 시를 발표했었다.

엄마는 나의 스승

처음에 내가 엄마한테 시 공부를 한다고 했을 때 엄마의 반응은 엄청 부정적이었다. 엄마가 생각하는 시인은 가끔 텔레비전에 나오는 정형화된 작가의 이미지로 굳어져 있었다.

"야! 그런 걸 뭐 하러 혀? 글만 쓴다고 굴속에 숨어서 씻지도 않고 머리카락 풀어헤치고… 생각만 해도 아니다. 당최 그런 생각 말어. 그냥 깨끗하게 살어."

엄마가 무슨 생각을 하는지 짐작이 됐기 때문에 폭소가 터지고 말았다.

"아녀 엄마, 시인은 엄마가 생각하는 그런 사람들 아녀. 그런 사람들은 특별한 사람들이고 굴에도 안 들어가고 잘 씻는 작가들도 더 많아."

당시에는 내가 엄마한테 무슨 말을 해도 안 믿는 눈치였다. 그러면서 시 그런 거 쓰지 말라고 신신당부했다. 엄마가 생각하는 시인은 가끔 텔레비전에서 보여주는 기행 작가들의 모습이었다. 그래서 2013년에 내가 첫 시집을 냈을 때만 해도 엄마는 내 시집을 누구한테도 보여주지 않고 조용히 당신 혼자만 읽으셨다.

내 첫 시집에는 주로 엄마 이야기와 아버지 이야기 그리고 돌아가신 친인척이나 친구들의 이야기가 많이 들어 있다. 내가 첫 시집을 출판할 즈음, 당시 문학 판에는 미래파 시인들의 시가 대세를 이루고 있었다. 미래파 시는 시 공부를 전문적으로 한 내가 읽어도 쉽게 이해되지 않는 시들이 많았다.

기존의 관념이나 가치를 전복하고자 하는 시인의 의도는 충분히 이해하겠지만 읽히지 않는 것은 분명 문제가 있다고 생각했다. 나는 유행보다는 아무도 주목하지 않는다고 해도 그냥 내 이야기를 시로 쓰고 싶었다. 또 서사가 있는 이야기 시를 쓰다 보니, 당연히 산문시 형식을 빌릴 수밖에 없었다. 그래서 무조건 정형시를 떠올리는 사람들한테는 이것도 시냐? 이런 질문을 받을 때도 있었다. 그러거나 말거나 나는 내 고집대로 쉽게 읽히는 시를 썼다. 그래서 우리 엄마도 내 시를 읽고 좋아할 수 있었기에 참 다행이라는 생각이 든다.

"야! 너는 어떻게 엄마 이야기를 어떻게 다 기억해서 그렇게 시로 썼다냐? 참 신기하더라."

"그래서 엄마가 내 시집을 다 읽었어?"

엄마는 밤에 잠이 안 올 때마다 내 시집을 펼쳐 읽었단다. 그러던 중 외산초등학교 면민체육대회 날이 돌아왔다. 이장님께서 동네 단위 행사라서 많이 참석해야 한다고 신신당부했던 날이다. 엄마는 이장님의 부탁도 있으니 나보고 꼭 면민체육대회에 참석했다 집에 가라고 말씀하셨다. 그렇게 엄마의 체면을 살리기 위해 면민체육대회에 참석한 날이었다. 특별히 아는 사람도 없고 해서 우리 동네 파라솔 밑에 앉아 있는데, 저만치서 알 만한 분이 몇 명의 사람들과 내 쪽을 향해 걸어오는 것이 보였다. 나는 속으로 나를 알아보실까? 아니 못 알아보실 거야. 그러면서 일부러 못 본 척하고 있었는데 그분이 내 앞으로 다가와서 말을 붙였다.

"조용숙 시인 아녀? 반갑네. 어머니 모시고 온 거야?"

"네에, 선배님."

첫 시집을 선배님께 보내드린 후에 전화 통화를 했던 기억이 떠올랐다. 좀 오래전 일이라 기억 못 하실 줄 알았는데 용케 기억하고 있다가 먼저 인사를 건네주셨다. 이렇게 선배님과 몇 마디 주고받는 사이에 사람들이 내 주변으로 몰려들었다. 그도 그럴 것이 선배님은 부여군 사람이면 모르는 사람이 없을 만큼 훌륭한 분이셨다. 그런 분이 나한테 인사를 건넸다는 사실만으로도 엄마는 시인이 엄청 대단한 사람이라고 생각했던 것 같다. 잠시 후 선배님 무리가 지나간 후에 근처에 있던 아주머니 한 분이 나한테로 다가왔다.

"시 써요?"
"네, 그냥 조금…."

아랫동네에 사는 아주머니인데 엄마도 잘 아는 분이라고 했다. 그 아주머니가 엄마한테 시인 딸을 둬서 좋겠다면서 부럽다는 이야기를 했다. 그날 이후부터였다. 그동안은 내가 시집을 내도 돈 한 푼 안 되는데 뭐 하러 힘들게 시를 쓰고 시집을 내냐고 뭐라고 하셨던 엄마가 나를 보는 눈빛이 사뭇 달라졌다. 그리고 몇 년 뒤 내가 두 번째 시집을 내서 엄마한테 드린 날이었다.

"야! 그 시집 엄마한테 몇 권만 주면 안 되냐?"

"왜요, 엄마?"

"내가 그냥 쓸 데가 있어서 그랴."

영문은 모르겠지만 엄마가 달라고 하니까 시집 이십 권을 엄마 방에 놓고 왔다. 그런데 다음에 집에 갔을 때 보니까 한 권도 안 남아 있었다. 그래서 시집 다 어디다 팔아 잡쉈냐고 물었더니, 여기저기서 사람들이 서로 달라고 해서 나눠주다 보니 한 권도 안 남았다고 더 남은 것이 있으면 다음에 올 때 가져오라고 하는 것이었다. 전혀 예상 못한 반응이었다.

"너 기억 나냐? 그때 초등학교 운동장에서 만났던 아줌마! 그 아줌마한테 니 시집을 한 권 줬더니 고맙다고 하면서 만 원을 주더라. 그래서 내가 그랬다. 내가 돈 받았을 거 같으면 주지도 않았다고. 니 엄마도 그 정도 자존심은 있는 사람이야!"

그러면서 하는 말씀이, "나는 절대 니 시집을 아무한테나 주지 않는다. 아무나 퍼 주면 값어치가 떨어진당께."

엄마는 시집을 주고 돈을 받는 것보다 당신 딸이 이렇게 시를 쓰는 사람이라고 은근히 으스대고 싶은 마음이 있었던 것 같다. 이런 엄마의 자존심을 단번에 끌어올려주신 분은 엄마가 단골로 다니는 면 소재지 연세의원 원장님이다. 엄마는 당신이 다니는 병원 원장님한테도 우리 딸이 쓴 시집이라면서 한 권 갖다드렸다고 한다.

"딸! 엄마가 기분이 엄청 좋다. 글쎄 말이여, 내가 연세의원 원장님한테 니 시집을 갖다드렸거든. 그랬더니 원장님이 그러더라. 따님은 누구 닮아서 그렇게 글을 잘 쓰느냐고. 그래서 내가 그랬지. 지 아버지가 글을 잘 쓰던 양반이라 지 아버지를 닮았나 봐요. 그랬더니 원장님 하시는 말씀이 아뇨, 애들 머리는 엄마를 닮는데요. 자녀분들이 엄마를 닮아서 머리가 좋은가 봐요. 그러는 거여. 내가 얼마나 기분이 좋았겄냐?"

전화기 너머로 좋아하는 엄마의 얼굴이 그려졌다. 아버지가 살아 계실 때는 남편 그늘에 가려 당신 존재를 못 느끼고 살다가 갑자기 우연한 계기로 존재감을 찾은 설렘이었다. 엄마가 행복하면 됐다는 생각이 들었다. 그 이후로 엄마가 연세의원에 갈 때마다 원장님께서 꼭 내 안부를 챙기신단다. 그럴 때마다 엄마는 단박에 아픈 곳이 싹 다 치유된단다.

엄마한테 말을 안 했지만 그 원장님은 정말 명의가 확실하다. 어쩌면 이토록 어르신들 마음을 잘 헤아리실까? 세상 모든 부모한테는 몸에 좋은 주사 한 방보다 자식들 칭찬이 훨씬 더 치료 효과가 있다는 것을 아는 원장님인 것 같다. 그 후로도 엄마는 내 시집을 아주 긴요하게 여기저기에 나눠줬다고 하니 갑자기 죽비를 맞은 느낌이다. 그동안은 밥벌이에 바빠 매번 정부 기관 홍보 책자만 쓰느라 정신없이 살아왔다.

또 한편으로는 국밥 한 그릇도 안 되는 시를 쓰고 시집을 낸다고 내 삶에 어떤 도움이 될까 하는 마음도 있었다. 그나마 두 권의 시집을 낼 수 있었던 것도 운 좋게 문화재단 창작기금을 받았기 때문에 가능했다. 그러다가도 문득문득, 내가 지금 뭔 짓을 하고 있나? 싶은 순간들이 많았다. 매일 신문 기사나 쓰고 정부 홍보 책자만 만들면 뭐 하나? 내 시를 쓰고 내 글을 써야 하는데… 나는 무엇을 위해서 사는 사람인가? 이런 질문을 나 자신한테 던질 때가 많았다.

그래도 예술보다 현실이 항상 먼저다 보니 내 글을 쓸 용기를 내지 못했는데, 엄마가 내 글을 좋아하는 것을 보면서 엄마를 위해 책 한 권 더 만들어야겠다고 생각했다.

3부

엄마!
나한테 얼마만큼 미안해?

"내가 미안하다. 딸 하나 더 낳아줬어야 하는디 너 하나만 낳아놔서."

"그렇게 미안하면 지금이라도 하나 낳아주던가?"

"그려. 지금이라도 낳아줄 테니 어디 가서 잘생긴 영감이나 하나 구해 와라."

전장을 누비던 장비처럼

엄마 몸은 팔십일 년 동안 함부로 머슴처럼 부려먹은 사용료 청구 고지서를 자주 발급한다. 여든한 살까지 세경 한 푼 제때 안 챙겨주면서 부려먹기만 했으니 그럴 만도 하다. 엄마의 증언에 의하면 아홉 살 때부터 노동에 시달렸다고 한다.

"야! 나는 아홉 살 때부터 절구에 방아를 찧어 밥 해먹었어. 그리고 아버지가 소 먹일 풀을 베어 오라고 해서 엄니랑 둘이 열심히 풀도 베고 그랬지. 지금 생각하면 우리 아버지는 학교도 안 보내주고 왜 그렇게 일만 시켰나 모르것다."

외할아버지는 경제적으로 살 만했는데도 자식 교육에는 관심이 없었다. 그래서 엄마는 친구들이 학교 가는 시간에도 집에서 죽어라 일만 해야 했다. 그 상황에서도 학교에 다니는 친구들한테 뒤처지기 싫어했던 엄마는 스스로 공부할 방법을 찾았던 것 같다.

외할아버지는 소여물이나 쑤라고 야학도 못 나가게 했지만, 엄마는 얼른 소여물을 쒀놓고 야학당 창문 밑에 가서 귀동냥으로 공부를 한 것이다. 엄마는 이렇게 스스로 천자문부터 삼강오륜, 편지 강독 등을 익혔다. 또 친구가 학교에서 구구단을 배웠다는 이야기를 듣고 종이에 적어달라고 해서 아궁이에 불을 때면서 다 외웠다고. 요즘 들어 옛날이야기를 자주 하는 엄마가 그날은 당신의 꽃 시절 이야기를 들려줬다.

열아홉 살 때 임수대(외산면 만수리)에 머리 지지는 사람이 왔다는 소리를 듣고, 엄마가 친구들이랑 같이 가서 머리 지지고 왔던 날의 이야기다. 애교머리랑 뒷머리를 곱슬곱슬하게 하고 집에 돌아왔는데 외할아버지가 알면 쫓겨날 것이 뻔했다. 외할아버지는 워낙 완고해서 평소에도 엄마한테 옆 가르마만 타게 하고 가운데 가르마는 못 타게 할 정도로 무서운 분이었다.

"아무리 아버지가 무서워도 친구들이 다 머리하러 가는데 빠지고 싶지는 않더라. 혼날 때 혼나더라도 일단 친구들을 따라가서 머리를 하고 왔어. 그런데 그대로 집에 들어가면 아버지한테 작대기로 맞고 쫓겨날 것 같아서 일단 수를 놓는다는 핑계를 대고 친구 집에 숨어 있었어. 그랬더니 니 둘째 외삼촌이 친구 집에 와서 누나! 아버지 지금 밖에 나갔으니까 집에 들어와도 된다고 알려주더라. 그때 동생이 처음으로 이쁘더라."

엄마는 외할아버지가 집에 계실 때는 곱슬곱슬한 머리칼에 물을 발라 곱게 펴서 묶고 다녔다고 한다. 잠깐 시집오기 전 처녀 시절을 떠올리는 엄마의 입가에 살짝 행복한 미소가 번졌다. 엄마도 예쁘게 치장하고 우아하게 살고 싶은 마음이 왜 없었을까? 가난한 현실이 억척스럽게 살라고 다그치니까 여자를 잃어버린 채 이 악물고 견뎌온 삶이었다. 그런 엄마도 가끔씩 여자의 정체성을 되찾고 싶은 순간에는 나에게 이런 이야기를 하셨다.

"다른 집 딸들은 엄마 화장품까지 다 사다 준다더라. 명절에 올 때 구리모 하나하고 입술에 바르는 거 얌전한 걸로 하나만 사 와라. 지난번에 둘째 며느리가 사다 준 것은 막내 손녀딸이 집에 왔을 때 가지고 놀다가 다 망가뜨려놨더라. 딱히 바를 일은 없어도 그래도 혹시 모르니 하나는 가지고 있어야 할 거 같아서 그런다."

엄마는 올케들이 집에 오면 밥은 당신이 할 테니 얼른 들어가서 예쁘게 화장부터 하고 나오라고 방으로 들여보낸다. 여자는 자신을 가꾸는 것이 중요하다며 며느리들한테 엄마이기 전에 여성성을 먼저 지킬 줄 알아야 한다고 강조한다. 당신이 살아보지 못한 여자의 삶을 며느리들에겐 포기하지 말고 꼭 붙잡고 살아달라는 엄마의 진심이 전해졌다.

엄마는 영업사원

직장 한 번 안 다녀본 엄마의 영업력은 내가 가장 본받고 싶은 역량이다. 말하자면 엄마는 평생 월급쟁이보다 대표로 살아왔다. 남 밑에서 일한 적 없이 스스로 산이나 논밭을 일궈 돈을 벌었으니 1인 창업자였다.

아버지 돌아가시고 현직에서 물러난 엄마는 최근에도 간간이 부업에 진심이다. 이제 그만 좀 쉬라고 해도 기어이 고추를 심고 깨를 심는다. 가을에는 무와 배추를 심어 김장을 해주더니 이제는 한발 물러나서 부재료만 대주기로 하셨다.

평생 해온 일이라 아무리 힘들어도 손에서 일을 내려놓으면 몸이 더 아파서 치료 목적으로 일한다는 핑계를 댄다. 그러니까 평생 일로 망가진 몸을 일로 치료한다는 엄마의 주장은 현대 의학계를 깜짝 놀라게 할 새로운 신기술이다.

공장에서 물건만 만들어낸다고 해서 회사가 잘 굴러가는 것은 아니다. 만들었으면 재고 없이 잘 팔아야 한다. 엄마가 주로 파는 물건은 당신이 생산한 것부터 자식들이 사다 준 것들까지 다양한 품목을 취급한다. 그래서 그때그때 엄마가 파는 품목이 달라서 전혀 판매 물품을 예측할 수 없다는 것이 가장 신박한 영업 전략이다.

딸이 사다 준 속옷이나 아들이 사 온 맥주 박스, 과일 상자 등도 수시로 판매 물품으로 둔갑한다. 엄마의 고객은 전부 주로 생활권 안에서 임의로 정해진다. 사실 엄마의 이런 영업 전략은 다른 사람한테 배워서 엄마 상황에 맞게 재창조한 부분이 많다.

엄마의 스승은 한동네에 사는 갑장 아줌마다. 그 아줌마는 자본금이 많아서 좋은 물건들을 다량 구매해서 동네 유력 인사들한테 무료 나눔 하는 속이 다 보이는 영업 전략을 구사한다. 엄마는 영업 손실만 쌓여가는 그 갑장 아줌마의 영업 전략을 매우 낮게 평가한다.

"그이는 좋은 걸 막 사다가 다 퍼주고도 뒤에서 웃음거리가 된다니까. 그게 무슨 바보 같은 짓이여! 새끼들한테 돈 보내라고 해서 그렇게 의미 없이 낭비하면 뭐 하냔 말이여!"

잘못된 사례를 통해 자신만의 지혜를 터득한 엄마는 최소의 자본으로 최대의 효과를 견인하는 영업 전략을 구사한다. 예를 들면 자식들이 엄마 쓰라고 사다 드린 물건을 가지고 나가 최고의 상품으로 팔아넘기는 고도의 판매 전략을 구사한다.

"현이 엄마가 나한테 잘해준다고 우리 딸이 현이 엄마 주라고 사 왔어. 한 번 써봐. 나도 써봤는디 좋더라구."

또는 자식들이 매월 보내드린 용돈을 인출해서 동네 회관에 내놓으면서도 우리 딸이 동네 어르신들 고맙다고 내놓으라고 주고 갔다고 홍보한다. 그런가 하면 명절이나 평상시에 자식들이 사다 준 선물을 마을 유력층들에게 골고루 분배하면서 우리 아들이 고맙다고 가져다드리라며 사 왔다고 홍보한다.

한마디로 엄마의 영업은 자식들이 바빠서 미처 생각하지 못한 부분들까지 엄마가 알아서 알뜰히 챙기는 고도의 전략이다. 자식한테 조금이라도 도움이 되는 일이라면 당신이 솔선수범해서 알뜰하게 주변 사람들을 챙긴다. 이런 일은 가족 간에도 마찬가지다. 자식들이 생각 못 한 부분이 있으면 일일이 자식들한테 오더를 내리지 않고 직접 대리 인사를 한다. 이모한테도 외삼촌한테도 자식들이 사 온 거리며 엄마가 대신해서 인사를 챙긴다. 그런 다음 영업 효과를 극대화하기 위해 자식들에게 그날그날 업무보고를 한다.

"오빠가 외삼촌 주라고 사 온 것 중에 하나는 다른 사람 줬어. 그 양반이 오빠한테 여행도 다녀오고 많이 도와줬잖여! 인사를 챙기니까 좋아하더라. 사람은 늘 주변을 골고루 잘 챙겨야 하는 거여. 엄마가 그런 점에서는 아주 머리를 잘 쓴다. 다 니 오빠를 위해서 하는 일이니께, 니가 오빠한테 얘기혀. 혹 아저씨가 잘 먹었다고 인사하면 뭔 말인가 하지 말고 별거 아니라고 인사나 하라고."

엄마의 지혜와 순발력은 자식들이 아무리 노력해도 가히 따라잡을 수 없는 영역이다. 내일 지구가 멸망해도 한 그루의 사과나무를 심겠다는 스피노자의 말처럼 엄마는 지금도 자식들이 따 먹을 열매를 위해 여기저기 사과나무를 심고 다니느라 나날이 영업역량을 발전시키는 중이다. 엄마가 좋은 집안에 태어나서 공부만 했으면 대기업 하나는 충분히 경영했을 것 같다.

저녁마다 부엌으로 불려 나간 이유

젊은 아버지는 저녁마다 편지 답장을 대신 써달라고 찾아오는 마을 사람들을 반갑게 맞아주며 엄마한테 큰소리로 말씀하셨다.

"용권 엄마! 얼른 밥 한 그릇 더 가지고 와."

편지 답장을 써달라고 찾아온 동네 사람이 밥을 먹고 왔다고 신경 쓰지 말고 얼른 밥부터 먹으라고 해도 아버지는 극구 엄마한테 밥 한 그릇을 더 가지고 오게 했다. 항상 집안에서 큰소리를 친 아버지는 가난한 집안 살림은 관심 밖으로 여기고 사는 사내대장부 중에서도 단연 으뜸이었다. 한번은 막 밥을 먹으려고 하는데 갑자기 엄마가 나를 부엌으로 불러냈다. 배고픈 것을 참고 엄마한테 갔다.

"너는 배불러서 밥 안 먹는다고 해라. 저 양반 밥 드려야 해서 밥이 모자란다. 너는 있다가 엄마랑 눌은밥이나 먹자. 알았지?"

내가 왜 밥 대신 눌은밥을 먹어야 하는 것인지 도무지 이해가 안 됐다. 하지만 엄마의 부탁이니 어쩔 수 없이 엄마가 시키는 대로 할 수밖에 없었다. 손님이 집에 자주 찾아올 때마다 반복되는 일이라 나중에는 오늘도 밥을 굶게 생겼구나 싶어 미리 체념할 수 있었다.

당시에는 엄마가 나만 부엌으로 불러낸 것으로 생각했는데 나중에 동생한테 들은 얘기로는 동생도 그렇게 엄마한테 부엌으로 불려 나가 밥을 굶은 적이 여러 번 있었다고 한다. 대인배로 살다 가신 아버지는 자식들을 굶길지언정 집에 찾아온 손님은 굶길 수 없다는 철학을 평생 실천했다.

엄마의 증언에 따르면 작은할아버지께서 엄마 몸 풀면 끓여 먹으라고 사다 준 미역이 있었다. 그 사실을 알고 있던 아버지가 갑자기 집에 손님을 데리고 들어와 밥상을 차려 오라고 큰소리를 쳤다. 엄마는 시골 살림에 차려낼 것이 따로 없던 터라 하는 수 없이 미역국을 끓여 손님을 대접했다. 그 당시에는 미역도 비쌌기 때문에 아기를 낳았을 때나 먹는 귀한 음식 재료라서 결국 엄마는 아기를 낳고도 미역국조차 맘대로 먹을 수 없었다.

이렇게 아버지가 밖에서 손님을 데리고 들어오는 일은 뜨문뜨문 있는 일이었지만 편지 답장을 써달라고 찾아오는 사람들은 하루걸러 한 명 정도였다. 이틀에 한 번꼴로 저녁밥을 먹고 나서 아버지가 하는 일은 동네 사람이 들고 온 편지를 대신 읽어주고 편지 답장을 대필해주는 일이었다. 한참 뒤에 편지 답장을 다 쓴 아버지는 큰소리로 자기가 쓴 편지 답장을 읽으셨다.

"더 하고 싶은 얘기가 있나요?"

"아뇨. 다 들어간 것 같아요. 그런데 용권 아버지는 어떻게 그렇게 사람 맘을 쏙쏙 잘 알아서 편지 답장을 잘 쓴대요."

이런 칭찬은 아버지한테는 매 끼니를 찾아 먹듯 너무 익숙한 말이었다. 그렇게 우리는 저녁마다 마을 사람들이 가지고 온 편지 답장을 대신 써주는 아버지 옆에 붙어서 어부지리로 글쓰기 공부를 한 것 같다. 오빠는 아버지의 피를 이어받아 학창 시절 내내 글쓰기 상장을 휩쓸더니 군대에 가서는 두꺼운 노트 다섯 권에 시를 빼곡하게 써 왔었다. 또 동생은 대학 때 학생회 일을 하면서 대학 신문 기자로 아버지의 피를 유감없이 발휘했다.

당시 우리 집안에서 학창 시절 내내 글쓰기 상장을 못 타 온 사람은 나 하나뿐이었다. 그런데도 지금 오빠나 동생들은 글쓰기랑

거리가 먼 일을 하면서 살아가고 있고, 나만 유일하게 글 쓰는 일로 밥을 벌고 있으니 세상사 참 알다가도 모를 일이다.

엄마! 나한테 얼마만큼 미안해?

엄마가 나에게 미안해하는 대목이 하나 있다. 그것은 여자 형제를 못 만들어줬다는 것. 나는 3남 1녀 중 둘째로 태어났다. 위로 오빠 한 명과 아래로 남동생이 둘이다. 여자 형제가 없는 집에서 자랐다는 것은 뭔가 좀 서글픈 일이긴 하다.

그래서 어린 시절에는 남자 형제들끼리 씨름하고 놀다가 싫증이 나면 나를 이불로 뒤집어 씌워놓고 북처럼 두들기며 놀았던 적도 있다. 그러면 엄마가 얼른 달려와서 소리쳤다.

"이놈의 새끼들! 시방 하나밖에 없는 딸을 잡을 셈이여?"

그러면 오빠랑 동생들이 막 웃으면서 도망쳤다. 물론 지금도 여자 형제가 없다 보니 나한테도 언니가 있었으면 좋았을 텐데 싶은 생각이 들 때도 있다. 그런 측면에서 간혹 엄마랑 고모 사이에 신경전이 생기면 꼭 고모 편을 든다.

"엄마! 엄마가 참아. 엄마한테는 이모들이 있잖아. 그런데 고모는 그나마 있는 오빠들마저 돌아가시고 하나 남은 오빠는 먼 타국에서 나오지도 못하고 고모가 얼마나 외롭겠어. 그니까 이모들 많은 엄마가 넓은 마음으로 이해해."

내가 이렇게 말하면 엄마는 "그려 내가 미안하다. 딸 하나 더 낳아줬어야 하는디 너 하나만 낳아놔서." 하신다.

"그렇게 미안하면 지금이라도 하나 낳아주던가?"

"그려. 지금이라도 낳아줄 테니 어디 가서 잘생긴 영감이나 하나 구해 와라."

"내 욕심만 같으면 당장 잘생긴 영감님을 구해다 드리고 싶지만, 돌아가신 울 아버지한테 죄송해서 내 욕심만 챙길 수 있간디. 아버지가 저세상에서 자리 잡아놓고 엄마 기다린다고 했는디, 이제 와 아버지를 실망시킬 수 있간디."

그러면 엄마가 막 웃으시며 "내가 참말로 너한테 미안하다. 나는 여동생들이 많아서 그것들 의지 삼아 살아왔는디 너는 아무도 없으니께 너한테 잘한다는 친한 언니들을 친언니라고 생각하고 서로 의지하고 살아라." 하신다.

이모들이 워낙 엄마한테 잘한다. 효자 자식보다 열 배 스무 배 잘한다. 외할머니 돌아가신 후부터는 이모들이 엄마를 외할머니 챙기듯 챙긴다. 상황이 이렇다 보니 엄마가 나에게 미안한 마음을 가질 수밖에 없다.

그럼 내가 기회다 싶어 엄마한테 한마디한다.

"엄마! 나한테 많이 미안하면 오래오래 살아~ 이 세상에서 내가 의지할 사람 엄마밖에 없으니까~ 꼭요! 네?"

그렇게 엄마는 나랑 손가락 걸고 약속했다.

엄마가 효자손을 잡으셨다

할머니 똥 수발을 10년 넘게 하면서도 할머니한테 말대꾸 한 번 안 한 엄마는 요즘 말로 하면 MZ세대는 되는 것 같다. 자식들한테는 효도하라는 말씀을 안 하신다.

"없는 집에 태어나게 해서 어렸을 때 니들 고생시킨 것이 나는 늘 마음이 아프다. 니 오빠는 워낙 애를 못 낳다가 나서 금이야 옥이야 키웠지만, 너하고 셋째한테는 특히 미안한 것이 많다."

"엄마는 무슨 말씀을 그렇게 하신대요. 없는 살림에 딸내미를 고등학교까지 가르쳐줬으면 엄청 훌륭한 거지요. 그것도 동네에서 이장님네랑 새마을 지도자네만 딸을 고등학교까지 보내줬잖아요. 내 친구들이 산업체 부설 고등학교에서 돈 벌어서 집에 보낼 때, 나 혼자만 주간 상업고등학교 다니는 것이 엄청 죄송했었어요."

"그건 그랬어. 없는 집구석에서 딸년을 고등학교까지 보냈다고 동네 사람들이 뒤에서 얼마나 수군거리고 흉을 보던지, 내가 한동안 동네에 돈 꿔달라는 말을 못 하고 살았다."

부모님도 힘들었던 시절이지만 나도 고등학교에 다니면서 체육복과 교련복 사달라는 말을 입 밖으로 꺼내지 못했다. 그래서 체육 시간과 교련 시간만 되면 다른 반 친구들한테 체육복과 교련복을 빌리러 이 반 저 반 돌아다녔다. 하지만 그렇게라도 고등학교에 보내준 부모님께 너무 감사해서 고등학교 졸업 후 바로 취업해서 오빠와 동생들 용돈을 감당한 시절이다.

나한테 미안하다는 말 외에 엄마가 자주 하는 말은 너무 들어서 익숙한 효자론이다. 엄마는 내 자식들이 다 효자라고 온 마을에 자랑하고 다닌다. 그렇게 우리 사남매는 엄마가 그린 큰 그림대로 자연스럽게 효자 흉내를 내며 살고 있다. 그런데 아버지 살아계실 때만 해도 엄마는 우리한테 효자라는 말씀을 안 하셨다. 그런데 아버지 돌아가신 이후부터 갑자기 효자론을 꺼내들고 잊을만하면 녹음기 켜듯이 효자론을 펼친다.

"나는 무슨 복이 이렇게 많아서 아들도 효자지, 며느리도 하나같이 효부지. 거기다 딸까지 지 엄마라면 사족을 못 쓰니 느지막이 무슨 복을 이렇게 많이 받았는지 모르것다. 오늘도 니 오빠랑 언니가 사골을 고아 와서 냉장고에 가득 쟁여놓고 갔다. 며칠 동안 뜨거운 불 앞에서 사골을 끓이느라 니 올케가 얼마나 고생을 했겄냐? 그뿐인 줄 아냐? 엄마 잘 먹는 것을 고루고루 사 가지고 왔더라. 아닌 게 아니라 지금 생각해보니 니 아버지가 자식을 넷이나 낳아줬다고 큰소리칠 만도 했더라."

실제로 장남인 오빠는 부여군이 다 알 정도로 자타 공인 효자다. 아침 점심 저녁 하루 세 번 문안 전화는 기본이고, 그 외에도 수시로 엄마를 세심하게 보살핀다. 또 항상 형제들을 단톡방에 불러놓고 엄마한테 잘하라고 세뇌 교육을 한다.

"엄마가 우리를 어떻게 키웠는지 알면 엄마한테 잘해야 한다. 니들이 엄마한테 하는 걸 자식들이 고대로 배우는 거여! 자식 교육이 따로 없다. 부모한테 잘하는 것이 자식 교육이다. 그리고 나중에 돌아가신 뒤에 제사상 차려놓고 절해봤자 아무 소용도 없어. 그러니까 살아 계실 때 잘 해드려라. 전화라도 한 번씩 하고…."

오빠는 그렇다고 해도 나머지 자식들은 먹고사는 일에 바빠 효도 점수를 매기면 겨우 평균보다 조금 높은 정도다. 그런데도 엄마는 늘 우리 형제들을 다 싸잡아 효자라고 자평하면서 기회가 생길 때마다 '내 자식들은 다 효자'라고 신비한 도술을 부린다. 이런 엄마의 효자론이 유독 힘을 발휘하는 순간은 혹시라도 자식들이 엄마를 서운하게 했을 때다.

한번은 오빠가 시골집에 갔는데, 평소 엄마답지 않게 좀 거친 표현으로 동네 사람들 이야기를 하더란다. 듣다가 지친 오빠가 남의 말 좀 그만하라고 엄마한테 한마디했다고 한다. 그 일로 믿었던 큰아들한테 마음의 상처를 받은 엄마가 나에게 에둘러 서운함을 표현했다.

"우리 자식들은 하나같이 다 효자들이라 그런 일이 없는디, 다른 집 자식들은 부모한테 막 큰소리도 내고 그런다더라. 나는 내 자식들한테 아직 한 번도 지 엄마 탓하는 소리를 안 들어봐서 잘 모르는 디 만약에 자식들이 나한테 뭐라고 하면 많이 서러울 거 같다."

엄마가 발신한 이상 신호를 감지한 내가 나설 차례다. 그래서 오빠한테 얼른 엄마 마음 좀 달래주라고 전화한다. 엄마가 3남 1녀 중 둘째로 나를 세상에 내놓은 이유는 엄마와 아들들 사이에서 중간 역할을 충실히 하라는 뜻이다. 이런 막중한 임무를 나에게 부여한 엄마는 가끔 맛있는 당근도 챙겨준다.

"너는 워쩜 그렇게 똑똑하다냐! 그 어려운 책을 쓰는 것은 천재나 하는 것이지. 나는 밭이나 매고 고추나 땄지 책 같은 것은 죽어도 못쓴다. 아무나 하는 것이 아녀, 암만!"

여기까지가 엄마가 규칙적으로 나에게 불러주는 노래 가사의 1절이다. 1절이 끝나고 나면 바로 이어 2절을 시작한다.

"근디 야래 병원 원장이 그러는디, 애들은 다 엄니 머릴 닮는다더라. 하긴 니들 아버지가 이장하면서 일 저질러놓으면 그거 다 내가 처리했다. 니들 아버진 맘만 좋아서 무조건 대답만 하고 다녔지 일은 내가 다 처리했다니까. 천재한테서 천재가 나오는 거라니까. 만약에 내가 니들만큼만 배웠으면 뭐라도 한자리는 해먹었을 것인디…."

여기까지 듣고 나면 뭔가 엄마한테 판정패를 당한 느낌이다. 결국은 당신 자랑을 하고 싶어서 내 칭찬을 시작하셨나 싶기도 하고, 암튼 엄마가 막 귀여워지는 순간이다.

부자 엄마

최근 엄마의 놀이터는 마을회관이다. 집에서 낡은 선풍기에 의지해 더위를 식히기보다는 에어컨 빵빵 돌아가는 회관이 최고다. 다른 사람들도 햇빛을 피해 회관으로 쏙쏙 모여든다. 회관에 모여서 같이 밥도 해 먹고 또 심심풀이로 십 원짜리 고스톱도 친다.

"엄마! 오늘은 얼마나 땄어요?"

"아녀, 오십 원 잃었어."

"아이고 워쩐대요. 우리 엄마 속상하겠네요. 그렇다고 기죽지 말고 재미있게 치세요. 까이꺼 제가 집이라도 팔아서 엄마 판돈 챙겨드릴게요."

그러면 엄마가 막 웃는다.

우리 형제들은 시골에 혼자 사는 엄마를 재밌게 해드리기 위해서 상황극을 많이 하는 편이다. 예를 들어, 막냇동생은 엄마한테 전화할 때 일부러 목소리를 바꿔서 다른 사람인 척 전화를 한다.

"거기 박 여사님 계십니까?"

"예. 어디신데요?"

"네에. 지난번에 제가 박 여사님을 부여 차부에서 우연히 뵙는데 이상하게 기억에 남아서요. 괜찮으시면 언제 부여 차부 근처에서 칼국수라도 한 그릇 같이 먹으면서 사는 이야기라도 나눠보면 어떨까요?"

생전 처음 낯선 사람의 데이트 신청을 받은 엄마는 잠시 난감해하는 척하다가 "막내냐?" 하며 받아친다. 그럼 막냇동생은 걸쭉한 사내 목소리로 껄껄껄 웃는다.

"으하하하! 우리 엄마 안 속네, 엄마는 너무 똑똑해서 속이는 것이 힘들다니까. 하!하!하!"

워낙 자식들이 자주 엄마한테 장난을 치는 바람에 엄마는 오늘은 또 어떤 녀석이 장난을 칠까 싶어 늘 긴장하면서 전화를 받는다. 엄마한테 이런 장난이 가능한 것은 휴대폰이 아닌 집 전화로 전화를 걸기 때문에 이름이 노출되지 않기 때문이다.

그런데 최근에는 스마트폰으로 바꿔드려서 전화기 액정에 발신자 이름이 뜨기 때문에 이런 종류의 장난도 할 수 없게 되었다. 그래서 이제는 주로 말장난으로 엄마를 웃겨드린다. 그러다 보니 엄마도 어떻게 하면 맞장구를 쳐줄까 막 고민한다. 그러다 보니 최근 엄마의 기억이 조금씩 흐려지고는 있지만, 순발력과 어휘력은 날로 발전하는 중이다.

지난번에는 엄마가 시골에서 택배를 보내셨다.

"엄마 택배 잘 받았어요. 뭘 그렇게 바리바리 싸서 보내셨어요?"
"응, 별거 아녀. 그냥 뭐라도 해 먹으라고…. 그리고 그거 보내느라 나 수억 썼다."
"그럼 큰일인디, 얼마나 쓰셨는데요?"
"오빠 집에도 보내고 너한테도 보내느라 만 원 썼어."
"엄마! 제가 열 배로 드릴게요."

그러면 엄마가 이렇게 말씀하신다.

"나? 돈 나오는 디 많어, 노령연금 나오지 국민연금 나오지 가끔 이모들이 용돈도 보내주지. 나는 쓰는 돈이 하나도 없어. 노인 돌봄에서 두부랑 계란도 갖다주지. 내 돈 내고 사 먹는 게 하나도 없어. 그래서 돈이 자꾸만 통장에 쌓여. 근데 너 돈 없냐? 돈 없으면 엄마가 줄게. 얼마면 되냐?"

나는 엄마가 무슨 말을 할까 궁금해서 일부러 나 돈 없는데 얼마나 주실 거냐고 물어본다. 그러면 엄마가 대뜸 그러신다.

"왜, 집 한 채 사 주랴?"

"그럼 좋지. 엄마!"

"그랴. 집 계약하고 전화혀라. 한 십만 원이면 집 한 채는 사지?"

"십만 원씩이나. 그 정도면 집 한 채 사고도 만 원이 남을 것 같아요."

이렇게 엄마랑 농담을 퐁당퐁당 주고받던 중에 엄마가 방금 생각이 났다는 듯이 옛날이야기를 풀어놓는다.

"내가 옛날에 어딜 다녀오는 길에 청양 어디 정류장에 앉아 있는데, 어떤 사람이 지나가면서 내 얼굴을 보고 대뜸 그러는 거여.

쯔쯔~ 그동안 고생이 엄청 많았것어. 서방이 다 지져 먹고 갔고만. 쯧쯧~ 서방이 돈복이 하나도 안 태서 그런 거여~ 그런디 이제부터는 걱정하지 마! 늦복 타서 자식들이 잘하고 또 늙어서는 돈 걱정 없이 살 거여!"

생전 처음 보는 사람이 묻지도 않은 말을 주저리주저리 늘어놓는 통에 엄마는 기분이 안 좋았다고 한다.

"당신이 시방 뭘 안다고 시방 그런 말을 하는 거여? 내 남편이 죽기는 왜 죽어? 멀쩡하게 살아 있구만. 별 이상스런 양반을 다 보겄네~ 내 참!"

그러자 그 양반이 "귀신은 속여도 나는 못 속여." 하더란다.

사실 그 낯선 사람의 말이 하나도 틀리지 않았다. 그 당시 아버지는 요양원 원장 빚보증을 섰다가 조상 대대로 내려오는 얼마 안 되는 전답을 다 날리고 돌아가신 뒤였다. 그렇다고 하더라도 엄마는 정류장에 앉아 있다가 처음 보는 낯선 사람한테 당신의 속사정을 다 들킨 것 같아 기분이 별로였단다.

"그런디 그 양반 참 신통하긴 하더라. 그 당시만 해도 내가 늙어서 내 통장에 돈 넣어놓고 빼서 쓸 줄은 생각도 못 했는디, 지금은 그 양반 말대로 늦복을 타서 니들이 나한테 잘하고 또 이모들도 잘하잖여. 니 아버지 죽고 나서부터는 어디 돈 꾸러 안 다니고 내 통장에서 돈 빼서 쓰는 것은 지금뿐인 것 같다."

참 다행이라는 생각이 든다. 우리가 어렸을 때 엄마의 아침 루틴은 동네를 돌아다니며 돈 꾸는 일로 시작됐다. 엄마는 아침마다 담장에 바싹 붙어 아랫집을 향해 이렇게 소리쳤다.

"섭이 엄마! 혹시 만 원만 꿔줄 수 있어. 내가 다음 장 봐서 갚아줄게."

그렇게 엄마는 돈을 꿔서 아침마다 손 벌리는 자식들한테 주곤 하셨다. 그러고는 다음 장에 콩 따고 열무 뽑고 옥수수 쪄서 장에 내다 팔아 돈을 만들어 왔다. 그랬던 엄마가 지금은 당신 통장에 몇 백만 원이 들어있다고 참말로 부자라고 마냥 행복해하신다.

엄마는 소설 집필 중

마을회관에 모인 어르신들은 자식 자랑을 많이 한다. 특히 명절 뒤에는 회관에 모여 자식에게 받은 용돈 자랑하는 재미로 시간을 보낸다. 그러다 용돈 자랑이 시들해지면 며느리가 금반지를 해 왔느니 냉장고를 다 치워주고 갔느니 별의별 자랑을 다 풀어놓는다.

엄마는 유독 자식 자랑에서는 남에게 지기 싫어한다. 다른 것에는 승부욕이 별로 없는데 자식 일이라면 물불 안 가린다. 사람들이 자식 자랑을 늘어놓으면 엄마도 질 수 없다는 듯 열정을 불태우며 자랑 대열에 합류한다. 우리 딸이 용돈을 몇 십만 원을 줬느니 아들이 줬느니 하면서 뻥튀기 신공을 발휘한다. 그럴 때마다 조금 더 드리고 올 걸 하고 후회하는 순간들이 많다.

"엄마 오늘은 뭐 하셨어요?"

"응! 안 가르쳐주지."

"뭐 하셨는데 안 가르쳐줘요?"

"엄마 오늘 치과 가서 틀니 새로 맞추고 왔어. 이 나이에 심어서 뭐 하겠나 싶어. 그냥 보험 되는 틀니로 다시 맞췄어. 기존에 하던 것이 너무 오래돼서 잇몸도 다 부르트고 아파서…. 90만 원 조금 더 들었는데 오빠나 니 동생한테 얘기하지 마. 엄마가 돈 모아놨다가 했으니까. 그런디 오늘 동네 사람들이 오늘 어디 갔다 왔냐고 물어서 애들이 돈 보내줘서 틀니 맞추고 왔다고 자랑했어."

막상 사람들한테는 자식들이 다해줬다고 말하는 엄마지만, 자식들한테 부담 주는 것은 극도로 싫어한다. 그래서 자식들이 뭘 해드린다고 해도 극구 사양한다. 이날도 엄마는 혹여 내가 부담 가질까 싶어 당부를 잊지 않는다.

"엄마가 다 알아서 하니까 너는 절대 신경 쓰지 말어. 엄마가 워낙 알뜰해서 모아둔 돈으로 했으니까."

틀니도 동네 아주머니들이 치아를 임플란트로 다 교체했다는 말을 듣고 그제야 잇몸에 상처를 내는 틀니를 교체한 것이다. 다른 부모들은 자식한테 임플란트 해달라고 한다는데, 엄마는 다른 부모들하고 달라도 아주 많이 다르다. 그조차도 자식들한테 손

벌리지 않고 당신 힘으로 하겠다고 선언하신다.

아무리 그래도 그렇지. 엄마 얘기를 못 들은 것도 아니고 알고 있는 이상은 모른 척 넘어갈 수 없었다. 오빠보다 좀 형편이 나은 둘째 동생한테 카톡을 보냈다.

"동생! 엄마가 틀니를 하셨다는데 90만 원 들었대. 엄마는 당신이 했다고 신경 쓰지 말라고 하시는데 아무래도 맘에 걸리네! 우리가 조금씩 모아서 드리는 것이 어떨까?"

"누나! 제가 알아서 할게요. 누나는 신경 쓰지 마세요."

그렇게 틀니 사건은 둘째 동생이 전부 부담하는 것으로 종결됐다. 그래서 둘째 동생이 엄마한테 백만 원을 드리기로 했다고 엄마한테 말씀드렸더니 엄마가 버럭 화를 냈다.

"얘기하지 말라고 했더니 왜 했어? 엄마가 하면 되는데. 정 그러면 나 백만 원 다 못 받으니까 오십만 원만 보내라고 해. 만약에 백만 원 다 보내면 엄마가 바로 돌려보낼 거니까."

아버지 돌아가시고 농사도 다 내려놓고 그나마 엄마가 혼자 조금 짓는 농사는 다 자식들한테 나눠준다. 그래서 돈 나올 곳이라고는 쥐꼬리만큼 나오는 국민연금과 노령연금 그리고 용돈을 아껴서 모아둔 비상금이 전부다. 그런데도 엄마는 매번 자식들이 다 해줬다고 자식들을 효자로 만드는 신기한 도술을 부리신다. 그 과정에서 엄마의 소설 창작 실력도 날로 발전하는 중이다.

스마트폰 나빠요

최근에 인지 장애가 살짝 시작된 엄마는 한 달에 한 번 병원에 가서 약을 타 온다. 처음에는 엄마 혼자 병원에 가서 약을 잘 타 드실 수 있을까 걱정이 됐는데 나름 잘하고 계신 것 같아 안심했다. 그런데 며칠 전 낯선 번호로 전화가 왔다.

"여기 성요셉병원인데요. 박천규 님 휴대폰인가요?"

"아뇨, 딸인데요. 무슨 일로 그러시죠?"

"네에. 박천규 어르신께서 병원에 오셨다가 약값만 내고 약은 놓고 가셨어요. 어머니께 약 가지고 가시라고 전화 좀 해주세요."

"네네."

얼른 엄마한테 전화를 걸었다.

"엄마! 엄마! 엄마!"

아무리 불러도 엄마가 대답을 안 하신다. 분명 전화는 받았는데 소리가 들리지 않으니 참말로 답답했다. 그래서 전화를 끊고 다시 걸었다.

"엄마~~~~~~" 큰소리로 외쳤더니, "잉 조서정. 그런디 잘 안 들린다." 하시는 거였다. 나는 다시 사람들이 보거나 말거나 큰소리를 냈다.

"엄마, 병원에 약을 놓고 가셨대."

엄마한테 스마트폰을 사 드리는 것이 아니었는데 후회막급한 부분이다. 사실 엄마한테 스마트폰을 사 드리자고 내가 오빠한테 제안했다. 엄마는 다른 동네 아주머니들이 다 스마트폰을 쓰는데 스마트폰에서 동영상도 보고 사진도 보고 그러는 것이 내심 부러운 눈치였다. 그래서 엄마에게 물어봤다.

"엄마! 스마트폰 사 드리면 사용할 수 있겠어요?"
"그럼. 다들 쓰는데 나도 배우면 되겠지 뭐."

그래서 엄마가 쓰던 투지폰이 고장 난 김에 나의 적극적인 제안에 따라 오빠가 스마트폰으로 바꿔드렸다. 그런데 스마트폰으로 바꿔드린 그날부터 문제가 발생했다.

스마트폰으로 바꿔드린 것이 지난겨울이다. 우리 집 대표 효자인 오빠가 눈보라를 뚫고 시골집에 가서 엄마한테 스마트폰을 전달하고 사용법을 알려드린 후에 집으로 돌아간 뒤였다. 그런데 그날 엄마한테서 자꾸 전화가 왔다. 그런데 전화를 받으면 아무 소리가 없는 것을 보니 스마트폰 사용법을 모르는 것 같아 유선 전화로 집에 전화를 걸었다.

"야 이놈의 것이 소리는 나는데, 뭘 밀라고 해서 밀어도 되지는 않고 속 터져 죽겠다. 참말로."

"엄마! 오빠가 사용법 안 가르쳐줬어요?"

"그걸 노인네가 한 번 듣고 알간? 아주 소리는 나고 되지는 않고 지금 속이 터져 죽는다. 이 눈보라에 니 오빠가 잘 들어갔는지 어쩐지 알 수도 없고 속 터져 죽것다. 그러니까 니가 오빠보고 엄마한테 전화 좀 하라고 해라."

내가 오빠한테 전화를 걸어서 엄마 이야기를 했더니 오빠가 막 웃는다. 안 그래도 오빠한테도 계속 전화만 하고 아무 말씀도 안 한다는 것이었다. 처음에는 스마트폰에 익숙하지 않아서 그러니까 차츰 배우면 된다고 괜찮다고 말씀드렸다.

그러고는 내가 스마트폰 사용법 매뉴얼을 만들어 엄마한테 가져다드렸다. 처음에는 그 매뉴얼대로 잘 따라하는가 싶더니 지금은 스마트폰을 아예 사용하지 않는다. 화면을 한번 잘못 만졌다가 고장 난 줄 알았다고 비싼 스마트폰을 망가뜨릴까 봐 아예 터부시하게 된 것이다.

집에 계실 때는 유선 전화가 있어서 다행인데 밖에 나가셨을 때 소통이 안 된다는 것이 가장 큰 문제다. 내가 전화를 했을 때 엄마가 못 듣는 것도 볼륨 버튼을 낮춰놔서 그런 것 같은데 엄마가 스마트폰 사용법을 모르니 답답할 뿐이다. 그래서 회관에 가서 다른 사람들한테 물어보라고 했더니 나름 자존심이 상했는지 그냥 안 물어보겠단다.

"그냥 니가 와서 봐줘. 다른 사람들한테 물어보기 싫어. 그런데 참 이상하다. 옛날에는 한 번만 보면 무엇이든 다 배웠는디 나이가 먹어서 그런가. 요즘에는 통 배워도 기억이 안 난다. 옛날에 배운 것은 환하게 다 기억이 나는디 왜 그러는지 모르것다."

젊은 우리 엄마는 무엇이든 한 번만 보면 다 배웠다고 하는데 세월이 참 야속할 따름이다.

들기름 사랑

요즘 엄마는 엄청 바쁘다. 자식들이 저녁 드셨냐고 전화해도 전화를 안 받는다. 어저께는 둘째 동생한테 전화가 왔다.

"누나! 엄마 무슨 일 있어요? 왜 전화를 안 받으신대요?"

"응 엄마 무지 바쁘셔."

"왜요?"

"깨 모종하러 다니시느라, 어제도 깨 모종하고 그제도 깨 모종하고 오늘도 깨 모종하고 아무리 하지 말라고 해도 소용이 없어."

요즘 들기름이 몸에 좋다고 해서 참기름보다 비싸게 팔린다고 한다. 시골에서 누구보다 들기름 가격이 오른 것을 아는 엄마는 들깨를 많이 심어서 자식들한테 들기름 한 병씩 나눠주려고 밤 9시까지 깨 모종을 하느라 바쁘다.

재작년까지는 아들 3형제에게만 들기름을 댓병으로 한 개씩 주고 딸인 나에게는 이홉으로 한 병을 주셨다. 물론 다른 형제들은 가족 구성원 수가 많고 나는 딸과 둘이 사니까 조금 덜 줘도 된다고 생각한 것 같다. 이런 엄마 마음을 모르는 바는 아니지만 다른 형제들에 비해 항상 나에게만 무엇이든 적게 배분된다는 것에 살짝 약이 올라 장난삼아 태클을 걸었다.

"엄마! 왜 나는 딸이라고 차별하시는규? 왜 아들들은 댓병으로 주고 나는 이홉으로 준대요? 나 기분이 확 나쁠라고 그러네요."

어려서부터 욕심을 내지 않던 내가 갑자기 돌변한 모습을 보이자 엄마가 그것을 내심 마음에 담아뒀던 모양이다. 작년쯤이었다.

"야! 이상하게 올해는 너한테 댓병 주라고 그랬는지 들기름이 다른 해보다 더 나왔어야! 그래서 너도 댓병으로 줄게."

딸은 늘 조금만 가져가도 불만이 없으니까, 또는 욕심을 안 부리니까, 이런 당연한 생각이 잘못됐다고 생각했는지 올해부터 엄마가 갑자기 달라졌다.

"이제는 너도 뭐든 아들들하고 똑같이 주려고 올해는 들깨도 더 많이 심었다.”

어쩌면 엄마는 자식들이 들기름 냄새처럼 고소하게 지지고 볶으면서 살기를 바라는 마음으로 들기름에 유독 집착하는 것 같다.

엄마의 즉문즉답

시골에 홀로 사는 엄마가 최근 가장 의지하는 곳은 마을회관이다. 에어컨이 설치된 회관에 모여 더위도 피하고 또 회관에서 점심 식사도 해결하신다. 어느 때는 사람들이 혼자 사는 엄마를 위해 저녁밥까지 챙겨주기도 한다고 한다. 마침 시골에 갔다가 엄마 집 냉장고를 정리하려고 냉장고를 열었더니 온갖 음식물들이 가득해 냉장고가 안 닫힐 정도였다.

"엄마! 이게 다 뭐예요?"

"응. 어제 섭이 엄마가 회관에서 수제비 싸 줘서 갖다 놨지."

"안 드실 거면 받아오지 말지 뭐 하러 받아다가 냉장고에 쌓아 놓는대요?"

"한 번 거절하면 다음에는 안 챙겨줄 것 같아서 무조건 받아오지."

원주민이라고 해야 겨우 10호 남짓한 시골 동네는 마을회관을 중심으로 거의 모든 삶이 돌아간다. 그러다 보니 마을에서 젊은 층에 속하는 두세 명이 중심이 되어 밥도 하고 마을 잔치도 결정해서 추진한다. 실제로 그 두세 명이 마을 어르신들을 다 모신다고 해도 과언이 아니다. 그래서 엄마는 젊은 층들과 잘 어울리기 위해 나름 노력하는 것 같다.

"회관에 가면 다들 뭔 간섭이 그렇게 많은지 몰라. 지난번에는 니 외숙모가 비썩 말라서 보기 싫으니까 반소매는 입지 마래~ 그래서 예예 알겠습니다. 그랬어. 또 어디서 남이 입던 옷 얻어 입지 말라고 해서 또 예! 예! 잘 알겠습니다. 그랬지. 젊은 사람들이 뭐라고 하면 무조건 예! 예! 잘 알겠습니다. 그러면 우리 성님은 말은 참 잘 들어서 좋아, 그러면서 막 웃어."

엄마가 나에게 최근에 마을회관에서 있던 이야기를 해주다가 내 반응에 신이 났는지 이어서 다른 이야기를 시작했다.

"어떤 때는 또 그러더라~ 성님! 성님은 무쇠여~ 뭔 노인네가 우리보다 농사도 잘 짓고 일도 억시게 잘한데요? 아픈 디가 없응께 그렇게 일을 하는 거쥬? 그러는 거여. 그래서 내가 뭐라고 한 줄 아니?"

"뭐라고 하셨는대요?"

"잉! 나도 니그들 나이였던 10년 전에는 안 아픈 디가 없었어, 그런디 10년 더 살아보니께 아픈 곳이 싹 사라지고 요렇게 건강해지더랑께. 그러니께 자네들도 나처럼 10년만 더 살아봐. 그럼 내 얘기가 무슨 말인지 알게 될 거여."

엄마는 요즘 젊은 사람들과 맞서기보다는 무조건 '예스'로 처신한다고 한다. 한참 엄마 이야기를 듣다 보니, 최근에 인간관계에서 어려움을 느꼈던 일이 떠올랐다. 나도 엄마처럼 처신했으면 되는데, 내가 많이 어리석었다는 생각이 들었다. 그래, 나도 엄마의 지혜를 배워야겠구나! 사람들과 잘잘못을 따지기 전에 내가 먼저 겸손해지면 세상 사는 일이 편해질 수 있다는 생각이 들었다. 나는 이렇게 오늘도 엄마한테 세상 사는 법을 한 수 배운다.

영원한 안식처 친정

그제 퇴근하고 들어왔는데 엄마한테 전화가 왔다.

"거긴 충남 아니야? 비가 140mm 온다구 난리다."

"여긴 대전이쥬~ 여긴 아직 조용한데요."

"야! 야! 천둥번개가 치고 난리도 아니다. 나 친정으로 피신해야 것다."

"아이구 엄마! 엄마는 착한 사람이라 천둥번개 안 무서워해도 돼유~ 나쁜 짓 하고 산 사람이나 천둥번개가 무서운 거예요~ 글쵸? 착한 우리 엄마!"

내 이야기보다 천둥번개 소리에 마음을 뺏긴 엄마는 뭔가 다급한 어조였다.

"야! 나 무섭다~ 니 외갓집으로 피신 가야되것어."

"엄마! 엄마! 침착하시고 제 얘기 들어보세요. 천둥번개가 친다고 해서 금방 집이 어떻게 되거나 엄마한테 큰일 일어나지 않아요. 오히려 평지에 있는 우리 집이 외갓집보다 안전하니까 그냥 집에 계셔도 괜찮아요."

"나 그럼 침대 밑에 내려가 있을까?"

"네, 그래요. 그리고 무서우면 저한테 전화해요. 잠 안 자고 밤새 엄마 전화 기다리고 있을게요."

다음 날 아침에 엄마한테 다시 전화를 걸었다. 전날 밤에 천둥번개가 무서워서 외갓집에 간다고 하는 것을 그냥 집에 계시라고 한 것이 걱정됐다.

"엄마! 잘 주무셨어요?"

"응. 딸이 침대 밑에서 자라고 해서 침대 밑에서 이불 폭 뒤집어쓰고 잤더니 잘 잤어."

내가 장난치느라 "울 엄마 혼자서도 잘 주무시고 철드셨네요." 그랬더니 엄마가 대뜸 하시는 말씀이

"안 그래도 아침에 돌봄서비스에서 전화왔는디 비 많이 온다고

밖에 나가지 말라고 하더라. 그래서 내가 그랬어. 요즘 나 철들어서 비 오는 날에는 밖에 안 나간다고. 그랬더니 그 양반이 막 웃더라."

요즘 엄마는 농담도 잘 받아치고 창의력도 쑥쑥 성장 중이다.

모녀 삼대

엄마가 하루는 나를 부여로 불러내서는 한참을 낯선 골목으로 끌고 들어가셨다. 그날 엄마한테 이끌려간 곳은 엄마가 단골로 다니는 금은방이었다.

“너 여기서 맘에 드는 걸로 골라봐.”
“저 이런 거 필요 없어요.”
“아녀. 엄마 마음이여. 그러니까 언능 골라봐.”

잠시 후 엄마가 바지 속 고쟁이에서 휴지에 둘둘 말려 있는 뭔가를 테이블 위에 꺼내놨다. 엄마한테 하나 남은 금팔찌였다.

“엄마는 다 늙어서 안 해도 되니까, 니 맘에 드는 걸로 바꿔라.”

나는 이런 것 없어도 아무렇지도 않다고 정말 괜찮다고 해도 엄마를 말릴 수가 없었다. 그리고 사실 시골이라 내 맘에 드는 디자

인도 딱히 없었다. 그런데도 워낙 엄마의 의지가 강했던 터라 반지와 목걸이를 고를 수밖에 없었다. 내 맘에 들기보다는 엄마 마음에 드는 디자인을 가격에 맞춰 골랐다.

"나중에 엄마 죽거들랑 이거 보면서 엄마 생각하라고 해주는 거니까, 힘들어도 팔아먹지 말고 꼭 니 몸에 지니고 다녀라 알았지?"

"네 알겠어요. 이번에는 안 팔아먹고 꼭 간직할게요."

엄마는 나에게 늘 해준 것이 아무것도 없다고 늘 미안해한다. 그래도 아들 삼형제는 없는 집안에서 다 인문고를 보내서 최소 전문대라도 보냈다. 그런데 나 하나만 겨우 상업고등학교까지 보내줬다. 나는 고등학교 보내준 것도 감사하다고 말해도 엄마는 늘 나한테 미안하다고 말씀하신다. 어쩌면 엄마가 어린 시절에 공부하고 싶었는데 외할아버지가 안 가르쳐 준 것에 대한 마음이 무의식에서 작용하는지도 모르겠다.

다른 한편으로는 내가 다른 친구들처럼 고등학교만 졸업하고 평범하게 살았으면 엄마가 그런 말을 덜 했을 것인데, 다른 친구들과 달리 고등학교를 졸업하고 바로 직장에 다니면서 방송통신대에 다닌다고 밤마다 라디오 교육 방송을 들었던 것이 마음에 걸리셨나 보다. 언젠가는 내가 방송통신대에 다닐 때 공부했던 녹음테이프 박스를 우연히 열었다가 녹음테이프가 방바닥에 와르르 쏟아져서 한동안 넋 놓고 바라보셨다고 한다.

한동안 내가 공부했던 학습 자료들을 안 버리고 집안에 쌓아 둔 것을 내가 내다 버린 적도 있었다. 엄마는 자식들이 어렵게 공부한 흔적을 마음이 아프다고 안 버리는 분이다. 그런데다가 내가 서른여덟이나 돼서 대학원에 다닌다고 밤늦게 대전에서 화성까지 통학하던 시절에도 엄마는 부모가 제때 공부를 못 시켜줘서 딸이 시집가서까지 저러고 다니나 싶어 자책했다. 그럴 때마다 내가 다른 친구들보다 극성스러운 면이 있어서 그러는 거니까 신경 쓰지 마시라고 말씀드려도 엄마는 늘 부모가 부족해서 그런 것이라고 사뭇 미안해하셨다.

그러던 중 내가 딸내미가 학교에서 겪은 어려움 때문에 자존감이 많이 낮아진 것 같아 성형수술을 해준다고 했을 때도 엄마는 나를 뜯어말렸다.

"왜 멀쩡한 애를 가지고 그러냐. 지금도 충분히 이쁘기만 한데."

그런데 막상 내가 성형수술을 시켜서 딸을 집에 데려갔을 땐 너무 예쁘게 잘됐다고, 너무 자연스럽게 해서 안 한 것처럼 감쪽같다고 말씀하셨다. 그렇게 외손녀의 성형수술을 반대했던 분의 반응치고는 너무 의외였다. 그래서 내가 엄마한테 다시 여쭤봤다.

"엄마! 내가 소영이 성형해주는 것 반대했잖아?"
"너 돈 들어갈까 봐서 그랬지. 돈이 참 좋은 세상이다. 돈 들여서 고쳐놓으니까 이쁘긴 하다. 안 했을 때보다 훨씬 이쁘다."

엄마는 내가 딸의 잃어버린 자신감을 찾아주기 위해 대학 공부와 자격증 취득까지 힘들게 뒷받침하는 과정을 다 지켜봤다. 거기다 딸한테 성형수술까지 시켜준다고 했을 때 또 내 돈이 들어갈까 봐 반대한 것이다. 그런데도 내가 딸을 위해 여러 가지로 노력하는 모습을 지켜본 엄마는 나에게 뭐 하나라도 더 해줘야겠다고 생각한 것 같다. 그래서 당신에게 하나 남은 금팔찌를 내 생일에 가지고 나와서는 내 걸로 바꿔주셨다.

그러면서 하시는 말이 "나는 내 딸이 똑똑해서 고마운데, 너도 니 딸이 얼른 지 밥벌이를 해야 할 텐데, 우리 딸 너무 고생해서 어쩐다냐?"

엄마는 내가 딸을 대학원에 보내겠다고 하면 당신 딸이 고생할까 봐 무슨 대학원이냐고 그만큼 뒷바라지했으면 엄마 노릇 충분히 했다고 이제 니 몸이나 챙기라고 말씀하신다.

4부

그리움의 거처를 옮기다

외할머니의 묘소에 다녀온 엄마 옆에 나란히 누워

어느덧 외할머니가 된 엄마를 불러본다

—졸시 「봉숭아 꽃」 부분

열여섯에 낳은 딸

내 기억에 남아 있는 외할머니는 누구보다 깔끔하고 단정한 분이었다. 거기다 총명하기까지 했으니 시대만 잘 타고났으면 못해도 국회의원은 해먹었을 양반이다. 외할머니는 노년에도 노인네 냄새가 나면 다른 사람한테 피해를 준다고 청결에 특별히 신경을 쓰셨다. 그리고 머리 스타일도 늘 단정함을 유지했고 기초화장품도 꼭 챙겨 발랐다.

외할머니 나이 겨우 열네 살, 남자가 뭔지도 잘 모르는 어린 소녀가 열네 살 더 많은 홀아비한테 시집와서 평생을 살다 가셨다. 지금 생각해보면 참으로 한스러운 인생이다. 그래서 외할머니 인생에서 남자는 돌아가신 외할아버지 단 한 명뿐이었다. 외할머니는 말년에 외할아버지를 무척 그리워했다는데 현실은 그 그리움마저 허락하지 않았다.

생전에 외할머니가 가장 힘들어한 부분은 외할머니 사후에 외할아버지와 큰외할머니의 합장 건이었다. 그동안에는 배다른 형제간에 불씨가 될 수 있는 화약고를 건드릴 수 없어 결정을 뒤로 미뤄놨었다. 그런데 큰외삼촌이 어느 날 이 문제를 들고나오면서 마침내 외할머니가 그토록 경계했던 형제의 난(難)이 발발했다.

형제들 사이에서 불거진 묘지 문제가 어렵게 다져온 형제애를 깨는 것은 물론이고 자칫하면 원수 사이로 전복될 수도 있었다. 엄마는 외할머니의 첫딸로 태어나서 그동안 배다른 형제간 우애를 위해 큰외삼촌과 작은외삼촌 사이에서 접착제 역할을 자청해왔다. 그런데 그동안의 엄마의 모든 노력이 무용지물이 될 상황이었다.

갈등의 요지는 이랬다. 큰외삼촌은 큰외할머니와 외할아버지를 합장하고, 둘째 부인인 우리 외할머니를 따로 모셔야 한다고 주장했다. 그런데 둘째 외삼촌은 외할머니가 첩으로 들어와 살았던 것도 아니고, 큰외할머니가 돌아가셔서 정실부인으로 들어와 살았기 때문에 세 분 모두 나란히 모시는 것이 옳다고 주장했다.

이 과정에서 큰외삼촌은 유교 예법에 그런 법은 없다면서 세 분을 나란히 모시는 것은 상놈이나 하는 짓이라고 발끈했다. 평소 외할머니를 어머니로 깍듯하게 모셨던 큰외삼촌도 이번만큼은 절대 양보할 수 없다는 듯이 둘째 외삼촌과 팽팽하게 대립했다. 이때 외할머니는 당신 사후에 생길 묘지 문제로 배다른 자식들이 서로 싸우는 상황을 지켜봐야 하는 것을 많이 힘들어하셨다.

결국 이 문제를 해결할 사람은 외할머니밖에 없었다. 어느 날, 굳은 결심을 한 외할머니는 자식들을 전부 불러놓고 당신의 유언을 발표했다.

"나는 죽어서 혼자 호젓하게 있을라니께, 너희 아버지랑 큰어머니를 합장해라. 더 이상 이 일로 형제들끼리 싸우는 꼴은 내가 더는 못 보겠다. 이 순간부터는 나 죽은 다음에 일어날 일로 형제끼리 싸우는 일이 없었으면 좋겠다. 니들 내 말 다 알아들었냐?"

결국 묘지 문제는 외할머니의 결단으로 일단락됐다. 그리고 몇 년 뒤에 외할머니의 유언대로 외할아버지와 큰외할머니를 합장하고, 우리 외할머니는 옆자리에 홀로 모시게 됐다.

일생동안 제대로 된 사랑의 감정도 느껴보지 못했다는 외할머니는 돌아가실 무렵에 먼저 가신 외할아버지를 그리워했다고 한다. 열네 살 처녀로 시집와서 평생 한 남자만 모시고 살았는데 죽어서도 그 남편 곁으로 갈 수 없다는 근원적 외로움의 표현인 것 같다.

엄마는 외할아버지와 큰외할머니를 함께 모신 봉분 옆에 홀로 모신 외할머니를 찾아볼 자신이 없었나 보다. 그래서 외할머니를 그리워하면서도 한동안 외할머니의 산소를 찾지 않았다. 그러다가 한참 뒤에 엄마 혼자 외할머니 묘소에 다녀온 날이었다. 슬픈 얼굴로 한참 생각에 잠겨 있던 엄마가 나에게 외할머니가 외할아버지한테 시집온 사연을 들려줬다.

"내 엄니가 열네 살에 스물여덟 홀아비였던 우리 아버지한테 시집을 왔어. 내 외할머니라는 그 미친 노인네가 엄니를 자식 둘 딸린 홀아비한테 시집보내면서 밥이나 배불리 먹여달라고 했다는 거여. 이게 말이 되냐? 어떻게 어린 딸을 스물여덟이나 먹은 홀아비한테 시집보낼 수 있냔 말이여."

아무것도 모른 채 열네 살에, 열네 살 더 많은 홀아비한테 헐값에 팔리듯 시집온 외할머니는 혼례 치른 뒤 3일 만에 전처 자식이 있다는 것을 알았단다. 그날부터 갓 시집온 열네 살 처자는 전처 자식들 입에 젖가슴을 물리며 어미 잃은 헛헛함을 채워줬다고 한다.

어린 나이에 전처 자식을 품에 안고 잤다는 외할머니는 열여섯에 첫 딸을 낳았다. 외할머니가 낳은 첫딸이 우리 엄마다. 그리고 외할머니는 엄마 아래로 다섯 명의 자식을 더 두었다. 자식을 많이 둔 것을 정이 좋았다고 해야 할지 아니면 외할머니가 젊었기 때문인지는 알 수 없는 노릇이다.

우리 엄마 기준에서는 외할머니가 외할아버지한테 시집오게 된 상황 자체가 도저히 납득할 수 없는 이야기다. 부모라면 제 살점을 팔아서라도 자식을 지켜야 한다고 생각하는 사람이 우리 엄마다. 그래서 엄마는 당신 외할머니가 미친 짓을 한 것이라고 울화통을 터트렸다.

외할머니 이야기를 해주던 엄마 표정이 얼마나 슬퍼 보였던지 지금도 그날 엄마의 슬픈 표정이 쉽게 지워지지 않는다. 그래서 시 쓰기를 배우던 시절에 돌아가신 외할머니의 못다 이룬 사랑을 위해 쓴 시가 내 첫 시집에 들어있는 「봉숭아 꽃」이다.

시에 외할머니가 저승에서 외할아버지를 잘 찾아가시라는 메시지를 담고 싶었다. 그래서 엄마가 외할머니 손가락마다 붉은 봉숭아물을 들여서 저승길에서 아버지 잘 찾아가시라는 염원을 담은 이미지로 형상화했다. 그렇게라도 외할머니의 슬픈 한을 풀어드리고 싶었던 것 같다. 어쩌면 우리 외할머니의 일생은 시대적 상황이 만들어낸 한 편의 슬픈 드라마였다.

할머니와 제비집

영화 <국제시장>에 나오는 이야기가 바로 우리 집안 이야기다. 아버지 형제 3남 1녀 중에 큰아들로 귀하게 자란 아버지와 막내 고모를 제외한 두 분 작은아버지는 베트남전에 참전했다. 베트남전에 참전했다가 귀국한 둘째 작은아버지는 국내 상황에 적응하지 못한 채 곧바로 파독 광부의 길을 선택했다.

둘째작은아버지가 독일로 나간 이후부터 할머니는 무슨 날만 되면 없는 살림에도 꼬박꼬박 떡시루를 쪄서 장독대 위에 올려놓고 천지신명께 기도를 올렸다. 어디 있든 건강하게 잘만 살아달라고 빌고 또 빌었다. 할머니는 그러면서도 혹 부정 타는 일이 생겨서 먼 타국에 있는 자식에게 해라도 생길까 봐 늘 노심초사하며 살았다.

내 나이 아홉 살 때쯤으로 기억한다. 마루에 앉아 발장난을 치며 신나게 혼자 놀고 있는데 내 머리 위로 기분 나쁜 액체가 툭 떨어졌다. 손을 뻗어 머리를 쓱 훑었더니 제비 똥이 손에 묻어 나왔다. 처마 밑에 둥지를 튼 제비들이 내 머리 위에서 똥을 찍 갈기고 날아간 것이다. 가만 살펴보니 30촉 전구에도 제비 똥이 잔뜩 묻어 있었다.

"내가 이것들을 가만두나 봐라, 니들이 내 머리에 똥을 싸?"

그날 나는 내 머리에 똥을 갈긴 제비들을 내쫓기로 마음먹었다. 단순히 사사로운 복수 때문만은 아니었다. 마루 위에 있는 30촉 전구에도 제비 똥이 덕지덕지 묻어 있었고, 또 다른 식구들이 마루에 앉았다가 제비 똥을 맞을 확률이 거의 100%였다. 아무리 생각해도 제비들은 우리 가족에게 여러모로 불편한 존재라는 생각이 컸다.

결심이 선 이상 바로 행동에 옮기기로 마음먹고 제비집을 털어낼 도구를 찾던 중에 지게를 받쳐놓은 작대기가 내 눈에 들어왔다. 얼른 마당으로 달려가 지게에서 작대기를 뺀 뒤에 지게를 담장에 기대놨다. 그런 다음 작대기를 들고 마루에 올라가 떨어지지 않게 조심조심 깨금발을 딛고 제비집을 부수기 시작했다.

내가 안간힘을 쓰며 제비집을 거의 다 부쉈을 즈음에 낮잠에서 깬 할머니가 안방 문을 열었다가 처참하게 부서진 제비집을 보고 누가 부쉈냐고 소리쳤다. 마치 개선장군이라도 된 것 같은 기분에 들떠 있던 내가 자랑스럽게 나라고 대답했다. 그 순간, 할머니가 천둥벼락같이 화를 내며 비바람을 동반한 소나기를 한바탕 퍼부었다.

"니년이 제비집을 부쉈냐? 왜 멀쩡한 제비집을 부수고 지랄이여? 밥 처먹고 배지가 부르면 밖에 나가서 놀던가, 왜 일을 저지르고 지랄이여!"

당시엔 할머니가 왜 그렇게 화를 내는지 알 수 없어 나도 많이 억울했다. 그래서 밥도 안 먹고 작은방에 틀어박혀 울다 혼자 잠이 들었다. 가족 중에 밥 먹으라고 나를 깨우는 사람이 한 사람도 없었다. 나는 가족들을 위하는 마음으로 그랬는데 식구들 모두에게 엄청 서운한 마음이 들었다.

제비집 사건이 있고 며칠이 지난 어느 날, 엄마가 샘에서 창출을 닦다가 발을 헛디뎌 미끄러지는 사고가 발생했다. 그 일로 엄마의 오른쪽 팔뚝이 부러졌다. 할머니는 바로 이때다 싶었는지 공룡처럼 불을 내뿜으며 나에게 쏴붙이기 시작했다.

"니년이 제비집을 부숴서 니 에미 팔이 부러진 거여. 몹쓸 년 같으니라구."

나는 그 뒤로 한 1년간 집에 무슨 일만 생기면 사사건건 다 내 탓이라는 할머니의 꾸지람에 제비집 부순 일을 내내 반성했다. 그 후로는 어떤 생명도 함부로 대해서는 안 된다는 나름의 깨우침을 얻었다. 지금 생각해보면 그 당시에 할머니는 내가 제비집을 부숴서 동티가 났다고 생각한 것 같다.

할머니는 그렇게 돌아가시는 순간까지 살얼음판 위를 걷는 마음으로 매사에 조심하며 살다가 내가 고등학교 3학년이 되던 10월 어느 날, 평생 그리워한 둘째 아들을 끝내 만나지 못한 채 눈을 감으셨다.

아버지는 할머니와 마지막 작별 인사를 하다가 할머니의 가슴에서 화석이 된 그리움의 흔적을 발견했다. 그것은 할머니가 숨을 거두는 날까지 독일 작은아버지의 머리카락 한 줌과 주민등록증 한 장을 손수건에 곱게 싸서 품속에 고이 간직하고 있던 할머니의 유품이었다.

할머니는 매년 제 둥지를 다시 찾는 제비를 보면서 먼 타국에서 당신 아들도 곧 돌아올 거란 희망을 품었던 것 같다. 안방 문을 열어놓고 새끼들 입에 먹이를 넣어주며 정성을 다해 키우는 제비 부부를 하염없이 바라보곤 했었다. 엄마 품으로 돌아오지 못하고 있는 둘째 아들에 대한 그리움을 제비들을 보면서 삭이던 할머니 모습이 눈에 선하다.

성치 않은 몸으로 마루 끝에 매달려 제비 둥지에 널빤지를 대주던 할머니의 마음이 세상 모든 어버이의 마음이라는 것을 나도 자식을 낳아 키우면서 알게 됐다.

그리움의 거처를 옮기다

내가 세 살 되던 해에 독일에 파독 광부로 나간 작은아버지의 사연은 50년 전부터 시작되었다. 유년 시절에 들은 이야기를 재구성하면, 독일 작은아버지는 한국에 다니러 나오는 당숙 편에 가끔 소식을 전했다. 작은아버지랑 같이 독일에 들어가셨던 당숙은 그래도 간간이 한국 땅을 밟으셨지만 작은아버지는 한 번도 한국에 나오지 못했다.

호기심이 많았던 나는 어른들이 하는 작은아버지 이야기를 귀담아들었다. 그때 작은아버지가 독일에서 만난 현지 여자와 결혼했다는 소식도 들을 수 있었다. 작은아버지의 결혼 소식에 종조할아버지께서 독일에 신랑 신부용 전통 한복을 지어 보냈고, 한복을 처음 본 작은어머니가 한복을 입고 외출했다가 현지인들에게 스타가 됐다는 이야기가 풍문으로 들려왔다.

나름 독일에서 행복한 가정을 꾸려 잘 살고 계신 것 같아 고향에 있는 가족들도 안심했다. 그런데 몇 년 뒤 들려온 소식은 양말 공장을 했는데 한밤중에 양말 공장에 불이 나서 폭삭 망했다는 소식이었다. 작은아버지는 그 일로 작은어머니와 헤어지고 공사장에 나가 일을 한다는 것이었다. 그때부터 작은아버지는 넉넉하지 못한 현실을 견뎌내느라 고향에 나올 엄두를 쉽게 못 냈던 것 같다.

작은아버지가 고향에 돌아오기 위해 열심히 일하는 동안에 평생 둘째 아들을 그리워한 할머니는 세월의 무게를 이기지 못한 채 아들에 대한 그리움의 거처를 저세상으로 옮겨갔다. 하지만 그 당시에 아버지는 독일에 할머니의 부고를 알리지 않았다. 작은아버지가 그 소식을 듣는다고 당장 나올 수도 없는 상황인데 차라리 모르는 것이 약이라고 생각하셨다.

할머니 돌아가시고 몇 년 뒤에 독일에서 귀국 소식을 전해왔다. 작은아버지는 곧 그리운 엄마를 만난다는 꿈에 부풀어 비행기를 탔다고 한다. 작은아버지는 공항에 도착하자마자 마중 나온 아버지에게 할머니 안부부터 챙겼다. 아버지는 이제 알릴 때가 되었다고 생각해서 작은아버지에게 할머니가 돌아가신 이야기를 해줬다.

할머니 소식에 얼굴빛이 하얗게 질린 작은아버지는 너무 늦게 와서 엄마가 돌아가신 거라면서 주먹으로 가슴을 내려치며 공항 바닥에 주저앉아 목 놓아 통곡했다. 그러고도 집에 오는 내내 버스 안에서 자기는 불효자식이라며 자신을 한탄했다.

그때 처음이자 마지막으로 한국에 온 작은아버지는 한 달여간 고향에 머물다가 곧 다시 오겠다며 독일로 돌아간 뒤 사고를 당해 다시는 고향에 나오지 못했다. 그 후로 독일에 있는 작은아버지에게 전해진 고향 소식은 형님과 아우의 부고였다. 그때마다 작은아버지는 형수인 엄마에게 전화를 걸어 한참을 꺼이꺼이 울다가 전화를 끊곤 했다.

고향이 그리워도 못 오는 신세

최근에 독일 사촌 동생들과 페이스북으로 소통을 시작했다. 독일 작은아버지는 먹고살 것이 없어 독일에 가게 된 사연을 사촌들에게 이야기한 것 같다. 현재의 한국 상황을 잘 모르는 사촌 동생은 한국이 지금도 먹고살 것이 없어서 힘든 줄 알고 우리 가족을 돕고 싶다는 마음을 전해왔다. 그래서 내가 번역기를 돌려가며 현재 한국 상황을 설명했다.

"지금 한국은 옛날처럼 어렵지 않아요. 먹을 것이 없어서 굶주리던 시대는 옛날이야기이고 지금은 다들 풍요롭게 잘살고 있어요."

그 뒤에도 사촌 동생은 이따금 작은아버지와 김치 담가 먹는 사진 또는 작은아버지와 외출하는 사진 등을 내 페이스북 페이지에 올려줬다. 그렇게 번역 어플을 통해 아쉬운 대로 독일 사촌들과 소통을 이어가던 중 안 좋은 소식이 전해졌다. 작은아버지의 건강이 나빠져서 요양병원에 입원했다는 소식이었다. 그리고 며칠 뒤 사촌 동생이 페이스톡으로 작은아버지와 영상 통화를 연결해 줬다.

"응. 조카! 나는 이제 안 될 것 같아. 배에 복수가 찬대."

"작은아버지! 잘 치료하면 되니까 희망 놓으시면 안 돼요. 고향에 또 나오셔야지요."

영상 속에 작은아버지는 짧게 한마디 건네고는 흐느껴 울고 계셨다. 한국과 독일을 간신히 이어주던 페이스톡 영상이 지지직거리며 불안하게 흔들렸다. 짧은 대화를 끝으로 더 이상 영상 통화가 어려울 것 같았는지 작은아버지께서 먼저 아쉬운 작별을 고했다. 전화를 끊고 나서 한참 동안 가슴이 먹먹했다. 고향에 대한 작은아버지의 그리움이 진한 아픔으로 전해졌다. 그런 일이 있고 나서 엄마와 통화를 하다가 작은아버지 소식을 전했다.

"엄마! 아무래도 작은아버지가 돌아가신 후에 한국에 오고 싶다고 유언을 남기신 것 같아요."

내 말끝에 엄마가 조심스럽게 이야기를 꺼냈다.

"사실은 니 작은아버지가 할아버지와 니 아버지 사이에 당신 무덤을 써달라고 했다는데, 땅이 좁아서 니 독일 작은아버지 들어갈 여유가 없잖아? 그리고 또 세상이 변해서 앞으로는 묘지를 관리할 사람도 없을 텐데 가족묘보다 차라리 니 막내 작은아버지 계신 호국원으로 가면 나라에서 관리해주니까 더 낫지 싶다."

막내 작은아버지를 호국원에 모신 지 12년이 넘었다. 그런데 호국원이 임실에 있다 보니 장례를 모신 이후로 한 번도 찾아뵙지 못했다. 그런 점에서 호국원에 모시는 것도 마음에 내키지 않았다. 하지만 엄마 말대로 세상도 변하고 장례 풍습도 바뀌는 세상이다. 어쩌면 나라에서 관리해주는 호국원이 더 낫겠다는 생각이 들었다. 이 생각 저 생각 끝에 고모랑 전화 통화가 연결됐다.

"응. 나도 알고 있어. 오빠가 고향으로 돌아오고 싶다는 유언을 남겼어. 그래서 내가 참전 용사 연락처로 전화해서 호국원에 모실 수 있는지 알아봤더니 땅은 꽉 차서 매장은 안 되고 납골당으로 모실 수 있다고 하더라. 그래서 내가 다 알아봐서 준비하고 있어."

고모도 고향이 아닌 납골당에 모셔야 한다는 사실이 영 마음에 안 내키는 눈치였다. 독일 작은아버지가 얼마나 가족과 고향이 그리웠으면 사후에라도 부모 형제 품에 안기고 싶다는 유언을 남겼을까 싶은 마음에 눈시울이 촉촉해졌다. 그러던 중에 엄마한테 다시 전화가 왔다.

"니 말을 듣고 보니까, 니 작은아버지가 얼마나 부모 품으로 돌아오고 싶어 했을지 생각하니 내 마음도 저리고 아프다. 그래서 하는 말인디, 상황 봐서 니 아버지 옆에 독일 삼촌을 모시는 방법을 생각해보자."

고모는 작은아버지에겐 하나밖에 안 남은 혈육이다. 실제로 알파벳도 잘 모르는 고모가 육십이 넘은 나이에 혼자 배낭을 메고 오빠를 만나겠다고 독일에 두 번이나 다녀왔다. 어쩌면 엄마가 아무리 부모 같은 형수라고 해도 피가 물보다 진하다고 했으니 고모 마음이 엄마 마음보다 더 아프지 않을까 싶다. 작은아버지가 할머니를 만나러 저세상으로 떠나기 전까지는 이승에서 행복했던 추억만 간직했으면 좋겠다.

할머니와 한 약속

초등학교 고학년쯤이었다. 산에 약초 캐러 간 엄마를 대신해 아버지의 광산 작업복 빨래를 자청했다. 우리 집에서 여자라고는 몸 불편한 할머니와 늘 산으로 들로 창출, 도라지, 잔대, 더덕 등을 캐러 다니느라 바쁜 엄마 그리고 나 이렇게 세 사람뿐이었다. 어차피 누군가 해야 될 빨래라면 세 사람 중에 내가 하는 것이 맞는 것 같았다.

내가 가는 아래뜸 빨래터는 항상 텅 비어 있었다. 어쩌다 혼자 빨래를 하고 있으면 아랫집 아줌마가 빨래하러 나오는 날도 있었지만 대부분은 혼자 하는 날이 다반사였다. 아주 가끔은 운 좋게 주용이 엄마가 마실 나가다 나를 발견하고는 안부를 물으셨다.

"용숙이 빨래하러 왔구나! 엄마는 어디 가셨는데 니가 빨래하러 왔냐?"

"엄마는 산에 가셨어요."

"그래, 빨래 잘하고 가라."

"네에."

꽁꽁 언 손을 미리 챙겨 간 끓인 물 한 바가지에 녹여가며 찬 개울물에 한참 빨래를 하다 보면 어디선가 부스럭하는 소리가 내 귓바퀴를 타고 전해졌다. 그럴 때마다 내 몸에 있는 털이 빳빳하게 다 들고 일어나면서 소름이 쫙 돋았다. 혹 주변에 누가 있는 걸까? 혹 텔레비전에서 본 간첩이라도 나타났나? 아니면 귀신인가?

그 순간 나는 초등학교 저학년의 모든 상상력을 동원해 무서운 소설을 써 내려갔다. 소설이 클라이맥스에 이르면 내 소설에 내가 덜덜 떨면서 아직 검은 물이 덜 빠진 아버지의 광산 작업복을 대야에 담아 들고는 냅다 뛰기 시작했다. 그러면 누가 뒤에서 쫓아오는 것 같은 기척에 누군가 내 목덜미를 훑어 내리는 것 같은 공포를 억누르며 집을 향해 죽어라 뛰었다.

왜 그랬는지는 모르겠는데 나는 유난히 겁이 많은 아이였다. 밤에 사랑방에 누워 있을 때 산에서 들려오는 산짐승 울음소리와 곤충들이 내는 소리가 뒤섞여서 들려오면 유독 무서웠다. 또 어쩌다 친구들과 총싸움하러 뒷동산에 올라가는 오빠를 따라갔다가 무덤이라도 만나게 되면 기겁해서 도망쳤던 기억도 있다.

그때부터 내 마음에 새로운 궁금증이 싹트기 시작했다. 정말 이 세상에 귀신이 있을까? 또 사람이 죽으면 가게 된다는 다음 세상이 있을까?

이런 생각을 하게 된 것은 워낙 무서움을 많이 탔던 성격 때문이다. 어린 시절의 나는 내 눈으로 직접 확인할 수 없는 것들에 대한 공포가 유난히 컸던 것 같다. 또 가끔 밥상머리에서 누구네 집에서 도깨비불이 새어 나왔다더라, 다듬잇돌 소리가 났다더라, 하는 부모님의 밥상머리 대화는 미지의 세계에 대한 내 공포심을 부풀리는 화력이 됐다.

실제로 우리 동네에는 도깨비 터 이야기가 마을 사람들 입에 오르내렸다. 비 오는 날이면 그 집에서 새어 나오는 다듬잇돌 두드리는 소리를 들었다는 소문이 돌았다. 그런가 하면 간밤에 도깨비불이 집을 빠져나가더니 마을에 초상이 났다는 등 이런저런 소문까지 나돌았다. 그런데 막상 도깨비 터에 사는 사람들은 다듬잇돌 소리를 못 듣는다는 한계가 있었다.

하지만 당시에 내 눈에 보이지 않는 미지의 세계에 대한 궁금증이 아무리 커도 내 궁금증을 해소해줄 사람은 그 어디에도 없었다. 그래서 하루는 할머니한테 물었다.

"할머니?"

"왜?"

"아무래도 할머니가 저보다 일찍 돌아가실 거잖아요."

"그러겠지. 그런데 그건 왜?"

"할머니가 먼저 돌아가시면 귀신이 진짜 있는지 다음 세상이 존재하는지 내 꿈에 나타나서 알려주시면 안 될까요?"

내 얘기를 들은 할머니가 웃으시면서 "나도 다음 세상이 있는지 귀신이 있는지 잘 모르겠지만 만약에 내가 죽어서 그 사실을 알게 되면 니 꿈에 나타나서 꼭 알려주마." 하셨다.

나는 그날 할머니와 새끼손가락을 걸면서 약속했다. 그리고 할머니는 몇 년 뒤 내가 고등학교 3학년이 되던 10월 어느 날, 세상을 떠나셨다. 그때까지도 여전히 생사의 끝이 궁금했던 나는 혹시 할머니가 내 꿈에 나타나서 내 부탁을 들어주실까 싶어 은근히 할머니가 내 꿈에 나타나길 기다렸다. 하지만 안타깝게도 할머니는 단 한 번도 내 꿈에 나타나 주지 않으셨다.

저 세상에서도 AS 중인 우리 아버지

100세 시대를 사는 세상에서 우리 아버지는 겨우 70세를 끝으로 저세상으로 건너가셨다. 아버지가 돌아가셨을 당시만 해도 나는 감히 아버지라는 단어를 입에 올릴 수 없었다. 내가 가장 힘든 순간에 가셨기 때문에 아버지의 이른 죽음이 다 내 탓만 같아 가슴이 더 아팠다. 그런데 어느덧 아버지 돌아가신 지 11년이 된 지금은 엄마와 나의 대화에 돌아가신 아버지를 수시로 소환할 만큼 편해졌다.

아버지는 꽤나 진보적인 분이셨다. 또 정치 성향까지 진보적이셨던 만큼 당신 사후에 묘지를 쓰지 말고 화장하라는 말을 남기셨다. 그런데 11년 전 아버지가 돌아가시고 나서 가장 먼저 결정할 것은 장례식장과 장례 방식이었다. 우리 4남매는 아버지의 유언대로 해드리는 것이 맞지 않을까 싶어 장례 방식을 상의 중이었다. 그때 어디선가 달려온 엄마가 굳은 각오로 말씀하셨다.

"나는 니 아버지 절대 화장 못 시킨다. 아버지가 아무리 그렇게 얘기했다고 하더라도 나는 절대 안 돼~ 니 아버지를 뜨거운 불구덩이 속에 밀어 넣을 수는 없어."

위로 오빠가 있지만 그래도 오빠는 내 의견을 많이 존중해주는 편이라 내가 나서서 상황을 수습했다.

"엄마! 우리는 방금 돌아가신 아버지보다 지금 우리 앞에 살아 계신 엄마 의견을 더 중요하게 생각해요. 그러니까 엄마 마음 편하신 쪽으로 할게요."

우리는 엄마의 뜻에 따라 아버지를 매장하기로 하고 둥근 봉분을 하기로 결정했다. 지금 생각하면 그때 묘지 쓰길 너무 잘했다는 생각이 든다. 엄마는 외롭고 쓸쓸할 때마다 소주 한 병, 사탕 두 개를 챙겨 아버지한테 간다. 그리고 산소 앞에 소주를 따라 드리고는 한참 동안 속에 있는 이야기를 하면서 놀다 오곤 하신다.

그리고 틈날 때마다 정원 가꾸듯 꽃나무도 사다 심고 풀도 뽑아 주면서 알뜰살뜰 묘지를 살핀다. 길가라서 관리가 안 되면 자식들 욕 먹일까 봐 그런다고 하지만, 내 보기엔 살아 있는 아버지

대하듯 그렇게 묘지 가꾸는 일에 정성을 다한다. 한 번은 묘지에 난 풀을 뽑고 온 날이었다.

"내가 니 할아버지하고 할머니 묘는 시부모님이라 조심스러워서 정성을 담아 토닥토닥 두드리고, 니 아버지 묘는 살아 있을 때 나한테 잘못한 것이 생각나서 발로 몇 번 꽝꽝 찼어. 그런데 발로 차다 생각하니까 또 미안한 마음이 들어서 살포시 한 번 안아주고 왔어."

"그런데요, 엄마?"

"그런데 참말로 이상혀~ 떼 잘 살아나라고 토닥토닥한 니 할아버지 할머니 묘는 떼가 죽고 밉살맞아서 꽝꽝 발로 찬 니 아버지 묘는 떼가 잘 살아난 거여."

그 일이 있고 얼마 후 또 엄마한테 전화가 왔다.

"응. 엄마."

"며칠 전에 니 아버지 묏등에 난 풀을 뽑는디 너무 힘들어서 기운이 하나도 없더라. 그래서 잠시 묏등에 기대 잠을 자다가 와서 그런지 어젯밤 꿈에 죽은 니 아버지가 양복을 멋지게 입고 찾아와서는 내 방으로 쑥 들어오더라. 그러더니 내 옆에 눕는 거여. 근디 이상하지. 죽을 때 삐쩍 말라서 볼품없던 니 아버지 얼굴이 아니라 아주 젊고 멋지게 생긴 모습으로 나를 찾아 왔더라. 그래서 얼른 자고 일어나서 얘기라도 해보려고 아침에 눈을 떴는디 말짱 꿈이더라!"

"거 봐요. 엄마! 엄마가 전에 아버지가 못생겼다고 살면서 한 번도 제대로 안 쳐다봤다고 해서 아버지가 저짝에서 듣고 멋진 모습으로 엄마 찾아온 거잖아요. 우리 아빠 참 멋지네! 죽어서까지 엄마 소원 풀어주고 싶어서 멋지게 차려입고 찾아오고…."

내 말끝에 엄마가 다시 물었다.

"그런데 사람이 죽은 뒤에 정말 저세상이 있을까?"

사후 세계가 존재할까 안 할까에 대한 의문은 누구나 한 번쯤 해봤을 만한 질문이다. 나 또한 이 질문에 대해 어린 시절부터 많은 궁금증을 가지고 있었다. 그래서 오죽하면 할머니한테 먼저 돌아가시면 사후 세계가 있는지 없는지 내 꿈에 와서 알려달라고 했을 정도다. 하지만 안타깝게도 할머니는 내 꿈에 나타나 사후 세계의 존재 유무에 대해 아무것도 알려주지 않았다.

엄마가 생각하는 다음 세상이나 귀신같은 개념으로 설명할 수는 없지만, 이 우주에 존재하는 모든 사물은 에너지이고 그 에너지는 이 우주 공간에서 영원히 사라지지 않는다는 것. 다만 시간에 의해 형태만 바뀔 뿐이라는 결론이다. 니체는 이러한 내용을 영원회귀 사상에 녹여낸 것 같지만 엄마한테는 복잡한 철학보다는 쉬운 말로 설명해드렸다.

"제 생각에는 어떤 형태라고 말할 수는 없어도 이 우주 안에 다 함께 공존하고 있어요. 엄마."

보이지는 않지만 전화기 너머 엄마의 얼굴에 밝은 미소가 번지는 것 같았다. 가만 생각해보면 엄마는 지금도 돌아가신 아버지와 밀고 당기는 쫄깃한 연애를 하고 계신 것 같다.

아버지의 사랑법

우리는 살아가는 동안에 많은 꿈을 꾸면서 살고 있다. 그런데 가끔은 예지몽을 꾸는 경우도 있다. 그날은 이상하게 돌아가신 아버지가 엄마 꿈에 나온 날이라고 한다.

엄마 꿈에 돌아가신 아버지가 오셔서는 같이 가자고 엄마 손을 잡아끌더란다. 그래서 엄마가 아직은 아니라고 애들을 좀 더 보살펴주고 가야 한다면서 아버지 손을 막 뿌리쳤다고 한다. 그런데 엄마가 그런 꿈을 꾼 날 형제들 단톡방에 엄마 소식이 올라왔다.

"엄마가 낫으로 풀을 베다가 오른손을 베었대. 좀 많이 베이신 것 같아. 그러니까 엄마한테 전화 좀 해봐."

"네에. 오빠."

그날 저녁 엄마한테 전화를 걸어 여쭤봤더니 오른손을 다쳐서 왼손으로 깨를 털다가 피가 멈추지 않아서 병원에 다녀오셨다고 한다. 결국 병원에 가서 상처에 소독하고 몇 바늘 꿰매고 집에 오셨다고 한다. 그러면서 하는 말씀이 "아직은 니들한테 깨도 털어 줘야 하고 김장도 해줘야 해서 조금 더 살다 가려구." 였다.

"엄마! 다쳤으면 빨리 병원에 가야지 그 다친 손으로 깨를 털면 어떡해요? 그러고 보니 다친 손으로 피 흘리면서 계속 일하는 똑똑한 엄마를 닮아서 내가 똑똑한 거지 엄마?"

일부러 엄마를 놀리려고 한 말인데 엄마가 용케 알아듣고는 "내가 멍청해서 그런다. 왜?" 하시는 거였다. 엄마의 솔직함에 웃음이 나왔다. 그런 일이 있고 나서 얼마 뒤의 일이다.

꿈에서 밤새 뭔가에 시달렸던 것 같은데 정확히 기억이 나지는 않았다. 희미하게 기억을 더듬어보니 돌아가신 아버지가 몹시 아픈 모습으로 나타나셨다. 그리고 뭔가 뒤엉킨 것 같은 모호한 느낌이 들었다. 뭐 별일이야 있겠어, 하면서 평소처럼 출근했다가 퇴근하는 길이었다.

오빠가 단톡방에 올린, 엄마가 어젯밤에 갑자기 코피를 흘리셨고 혈압이 치솟았다는 글을 퇴근하는 버스에서 읽었다. 급한 마음에 버스에서 엄마한테 전화를 했다.

"어젯밤에 갑자기 코피가 터져서는 한동안 안 멈추더라. 아침에 병원 가서 주사 맞고 약 가지고 왔는디 내일도 오라고 한다. 니들 걱정할까 봐 얘기 안 했는디 그동안도 머리가 계속 아팠어. 혈압약이 안 맞아서 그런 것 같다더라. 오늘 밤 지켜보면 괜찮것지. 오늘은 혼자 있기 무서워서 숙이네 아줌마 오라고 해서 같이 자기로 했어. 그러니까 걱정하지 마라."

엄마는 아파도 자식들이 걱정할까 봐 꾹꾹 참는 스타일이라 웬만해서는 말씀을 안 한다. 엄마는 심장질환이 있는 상태고 또 고혈압이 있어서 뇌출혈 위험에 노출되어 있었다. 그래서 당장 병원에 예약하고 휴가 내서 모시러 가겠다고 했더니 은근히 좋아하셨다. 그제야 그제 밤 꿈에서 내가 시달린 이유를 알 것도 같았다.

아버지가 내 꿈에 세 번째 나타나셨는데, 이전 두 번의 아주 밝은 모습과 달리 많이 아픈 모습으로 나타난 걸 보면 아버지가 엄마를 걱정하셨던 것 같다. 그 일을 계기로 엄마한테 부쩍 신경을 더 쓰게 되면서 엄마 치매 검사까지 진행하게 됐으니 내가 아버지의 당부를 알아들은 것도 같다. 엄마 치매 검사 결과 인지 장애 초기라는 것을 알게 되어 병원 치료를 일찍 시작하게 됐으니 생각해보면 참 감사한 일이다.

막내외삼촌의 눈물

엄마는 지금도 돌아가신 외할머니 이야기와 막내외삼촌 얘기를 하면서 울먹인다. 슬픔은 쌍으로 한꺼번에 온다는 말처럼 외할머니 돌아가시고 딱 두 달 후에 갓 마흔을 넘긴 막내외삼촌이 불귀의 객이 됐다. 외할머니는 그래도 연세가 있어서 예상 가능한 일이었지만 막내외삼촌의 죽음은 마른하늘에 친 천둥처럼 누구도 예상하지 못한 일이었다.

나중에 엄마한테 들은 이야기로는 막내외삼촌이 외할머니 상을 치르면서 외할머니가 돌아가신 것이 모두 자기 탓이라며 슬피 울었다고 한다. 그러면서 자기가 술 먹고 속을 썩여서 당신 엄마가 일찍 돌아가신 거라면서 앞으로는 절대 술을 입에 대지 않겠다고 다짐을 했다고 한다. 그러고는 집에 돌아가 술 끊는 약을 먹은 상태에서 다시 술을 마신 쇼크사로 돌아가셨다.

일가친척들은 외할머니가 이승에서 고생하는 막내아들이 안쓰러워 서둘러 데려갔다고 수군거렸다. 그것은 남은 사람들이 안타까운 마음에 하는 이야기라지만 막내외삼촌은 이승에서 겨우 마흔 초반을 살고 외할머니를 따라갔다.

막내외삼촌의 삶은 사는 동안 한순간도 편할 날이 없었다. 나는 어려서 어른들이 수군거리는 이야기를 들었다. 막내외삼촌과 동네 처녀가 몰래 연애를 한다는 소문이 돌았다. 막내외삼촌 나이 겨우 스무 살 무렵이었다. 당시에는 한 마을에서 과년한 처녀가 총각하고 이러쿵저러쿵하는 것이 용납이 안 되던 시대였다. 얼마 뒤 그 소문이 사실로 밝혀지면서 처녀 집에서 자기 딸한테 나가 뒈지라고 한바탕 난리가 났던 모양이다. 그날 그 처녀가 자기 아버지에게 작대기로 두들겨 맞다 잠깐 도망쳐서 농약병을 들고 나와 부모 앞에서 죽겠다고 농약 마시는 쇼를 한 것이다. 그날 그 처녀의 농약병 사건이 외갓집으로 옮겨 붙으면서 둘째외삼촌은 무슨 집안 망신이냐며 막내외삼촌을 작대기로 흠씬 두들겨 패서 집에서 내쫓았다. 그런데 아이러니하게 상대 처녀는 얼마 뒤 다른 남자를 만나 결혼했다는 이야기가 내 귀에도 들려왔다. 그 처녀의 이야기를 전해 들으면서 어린 나도 배신감에 떨었다.

지금 기준으로 보면 서로 좋아서 연애 좀 한 사연인데 양쪽 집안 다 너무 심했다는 생각이 든다. 어쨌든 막내외삼촌은 농약병 사건으로 집안에서 못된 놈으로 낙인찍혀 마을을 떠나 객지에서 떠돌았다. 막내외삼촌은 어쩌다 고향에 돌아와도 사람 노릇 못 한다고 형한테 구박만 받다가 누나 집에 며칠 숨어 지내다가 쫓기듯 조용히 고향을 빠져나갔다. 이 상황에서 같이 사는 둘째 아들 눈치까지 살펴야 했던 외할머니는 막내아들 때문에 늘 가슴 졸이는 삶을 살았다. 그렇게 타지를 떠돌던 막내외삼촌은 서른 중후반쯤에 열 몇 살 연상의 이혼녀를 만나 동거를 시작했다. 이번에도 나이 많고 흠 있는 여자라고 가족들의 반대에 부딪쳤다. 그 과정에서 막내외숙모가 아기를 가졌는데 결국 유산했다고 하니 정말 가슴 아픈 이야기다. 그 후로 오랫동안 두 사람이 헤어지지 않고 몇 년 동안 같이 사는 것을 본 외가 식구들은 외할머니의 간청을 받아들여 막내외숙모를 가족으로 받아들였다. 결혼 날짜를 택일한 후에 외할머니는 당신 손가락에 끼고 있던 금반지를 팔아 막내아들의 전통 혼례 비용을 충당했다. 그제야 막내아들까지 다 결혼시킨 외할머니는 당신 할 일은 이제 다했노라며 좋아하셨다.

막내외삼촌이 돌아가시고 십오 년 되던 해에 그동안 소식이 없던 막내외숙모한테 시골로 연락이 왔는데 납골당 약속 기한이 다 됐으니 연장하든지 아니면 자연으로 돌려보내든지 알아서 하라는 소식이었다. 그 일로 모인 외가 형제들은 막내외삼촌을 자연으로 보내드리기로 합의했다. 그렇게 외가 형제들은 15년 만에 막내외삼촌 있는 납골당을 찾아갔다.

"니 셋째 외삼촌이 막내 유골함을 들고 가는데 힘들어 보이더라. 그런데 둘러보니 교대할 사람이 없는 거야. 그래서 내가 들고 가겠다고 유골함을 받아들고 몇 발짝 걸었는데 내 몸이 시원찮아 그런지 힘에 부치더라. 그때 내 옆에 있던 니 셋째 외숙모가 자기가 들겠다면서 시동생 유골함을 가슴에 폭 안고 가는데… 내가 얼마나 고맙던지, 지금도 그 생각만 하면 니 셋째 외숙모가 달리 보인다."

나는 엄마의 이야기를 전해 들으면서 왜 조그만 유골함이 무겁게 느껴졌을까 생각했다. 어쩌면 이승에 와서 한 번도 행복하게 살아보지 못한 채 이승을 떠나야 했던 막내외삼촌의 슬픔의 무게가 더해졌던 것일까? 아니면 막냇동생을 그렇게 허무하게 보내야 하는 엄마의 슬픔이 더해졌을까? 엄마 이야기를 듣는 동안 많은 생각들이 스쳐갔다.

"니 막내외삼촌 유골이라도 고향으로 데리고 와서 수목장이라도 해줬으면 싶었는데… 그건 어디까지나 엄마 생각이었던 것 같아."

엄마는 낯선 도시의 이름 모를 산야에 막냇동생 유골을 뿌리고 돌아서는 것이 너무 슬펐다고 한다. 한 번 돌아서면 보고 싶어도 다시 찾아갈 수도 없는 그런 낯선 곳에 막냇동생을 홀로 두고 돌아서야 했던 엄마의 마음이 유골함을 더 무겁게 느끼게 했을지도 모를 일이다.

사람이 죽으면 우리가 육체를 입고 이승에 왔던 것처럼 처음에 이 생에 왔던 본래의 모습으로 돌아가기 위해 우리 몸은 에너지(영혼)와 물질(혼백)으로 분리된다고 한다. 이렇게 분리된 에너지는 우주 공간에서 영원히 공존하고 육체를 입고 왔던 물질(혼백)은 일정 기간 이승에 머물다가 자연스럽게 자연으로 돌아가는 것이 우주의 법칙이란다.

우주의 에너지로 돌아간 우리 막내외삼촌은 지금 어디쯤에서 막냇동생의 생을 애처롭게 생각하는 큰누나를 지켜보고 있을까? 만약 우주 공간 어디쯤에서 막냇동생을 그리워하는 큰누나를 바라보고 있다면 그래도 큰누나가 있어서 이승에서의 삶이 덜 쓸쓸했다고 말할지도 모를 일이다.

이 세상 소풍 끝내는 날

드문드문 날아드는 지인이나 가족의 부음을 접할 때마다 우리가 터부시했던 '죽음'과 생의 마무리에 대해 깊이 생각하게 된다. 어떻게 마지막을 준비하는 것이 좋을까? 나 역시도 만약 노후에 치매라는 병에 걸리거나 내 힘으로 나 자신을 추스를 수 없는 상황이 되었을 땐 어떻게 하지? 이런 질문을 던져본다.

외할머니가 열네 살에 시집온 사연을 이번에 고향 집에 갔다가 엄마한테 새롭게 듣게 되었다. 그것은 바로 옷 두 벌 때문이었다고 한다. 열네 살 소녀는 시집가면 새 옷 두 벌 해준다는 말을 듣고 스물여덟 홀아비한테 시집을 왔다. 시집온 대가로 받은 새 옷을 받아 들고는 이 옷을 입어봤다 저 옷을 입어봤다 하면서 마냥 좋아했다고 한다.

열네 살 어린 소녀가 뭘 알았을까 싶다. 전처소생으로 여덟 살 딸과 다섯 살 아들이 있는 것이 뭔 의미인지 또 스물여덟 홀아비의 아내가 되는 것이 뭔 의미인지 그때는 알지 못했을 것이다. 처음부터 기울어진 출발을 한 외할머니는 외할아버지와 사이에서 6남매를 더 낳았다. 그래서 합이 여덟이나 되는 자식들 사이에서 한시도 바람 잘 날 없는 인생을 살다 가셨다.

엄마는 지금도 돌아가신 외할머니 얘기와 막내외삼촌 얘기를 하면서 울먹인다.

"니 외할머니 그렇게 가시는 것이 아닌디…. 돌아가실 때 의원에 모시고 갔는디 목이 다 탔더라. 의사가 아이스크림이나 하나 사 드리라고 해서 아이스크림 두 개를 사서 나랑 하나씩 나눠 먹고 누워 있다가 집에 와서 눈을 감으셨어."

외할머니가 돌아가셨을 때 너무 슬프게 운 기억이 난다. 어린 나이였는데도 여자의 일생에 대입해봤을 때 너무 슬픈 일생을 살다 가셨다는 생각 때문이었다. 또 무엇보다도 딸년은 아무짝에도 쓸모없다고 할머니가 나한테 호통을 칠 때마다 외할머니가 어떻게 알고 나타나셨는지 우리 집에 오셔서는 할머니를 말려주신 유일한 내 편이었다.

또 외할머니 상여가 나가던 날, 나뿐만 아니라 우리 4남매가 얼마나 슬피 울던지 문상객마다 이상하다는 듯이 한마디씩 했다.

"저 노인네는 복도 많어. 외손자들이 저렇게 슬프게 우는 집은 첨 봤당께."

우리의 슬픔이 아무리 컸다고 해도 엄마가 느꼈을 슬픔에 비하면 아무것도 아니었다. 엄마는 외할머니가 돌아가신 뒤에도 한 몇 년 동안 부엌 창문 앞에 서서 외할머니가 위뜸에서 껑충껑충 걸어 내려오는 것만 같다면서 눈시울을 붉혔다.

열여섯에 낳은 첫딸을 몇 발짝 안 되는 한동네로 시집보내놓고 온갖 고생 다하는 딸을 곁에서 지켜보는 일도 쉽지 않았을 것이고, 큰자식한테 의탁해 살면서 배다른 자식들 간 갈등과 한 배에서 나온 자식들 간 갈등을 지켜봐야 했던 마음도 고통이었을 것 같다. 무엇보다 가장 가까운 거리에서 외할머니의 삶을 지켜본 엄마 또한 이런저런 가슴에 맺힌 한이 만만치 않기에 지금도 형제들 간에는 될 수 있으면 멀리 떨어져 살라고 당부한다.

엄마가 외할머니에게 부탁한 마지막 소원은 치매만 걸리지 말라는 당부였다. 외할머니가 치매에 걸리면 엄마가 모시고 살 수도 없는 상황이라 늘 마음이 불안했다고 한다. 그런데 걱정은 늘 현실로 찾아온다는 듯이 외할머니는 돌아가시기 직전에 치매 초기

증상을 보였다. 이 사실이 숨긴다고 숨겨질 일도 아니고 모시고 살던 외삼촌도 모를 리 없었다.

"니 외할머니 돌아가신 후에 내가 장롱을 열어봤어. 그랬더니 뭔 약통들이 우수수 굴러 떨어지더라. 노인네가 돌아가실 무렵에는 억지로 죽으려고 밥도 한 숟가락씩만 먹더니만 결국은…."

외할머니는 돌아가시는 마지막 순간에 속이 다 타들어가는 엄청난 갈증을 호소했다고 한다. 어쩜 외할머니의 생을 한마디로 축약하면 '속이 다 탔다'는 말이 적절한 표현인 것 같다. 항상 자식 걱정에 마음 편한 날이 없었던 외할머니는 자식들 부담을 덜어주려는 듯이 앓아누운 지 딱 3일 만에 큰딸 품에 안겨 마지막 숨을 거두셨다.

외할머니를 생각하다보니 한 마을에서 외할머니와 친하게 지냈던 건이 할머니가 떠올랐다. 건이 할머니는 생전에 엄청 깔끔한 성격이었다. 그런 건이 할머니가 어느 날 치매라는 무서운 병에 걸렸다. 건강했을 때는 큰아들이 한 마을에 살고 있어도 자식한테 의지하던 분이 아니었다. 그런데 치매라는 병 앞에서는 다른 선택이 없었다. 결국 아들 집으로 옮겨간 건이 할머니는 맑은 정신이 돌아온 어느 날, 본인이 살던 집으로 돌아와 깨끗하게 목욕한 뒤 쓰던 물건들을 정리해놓고 농약을 마셨다.

이 사건은 마을 사람들한테 작지 않은 충격이었다. 어떻게 생목숨을 끊는단 말이여? 하지만 늙은 부모를 모시고 사는 자식 입장에서는 어쩜 건이 할머니의 선택을 마음속으로 옹호했을지 모를 일이다. 사실 부모를 평생 모시고 산다는 것이 쉬운 일은 아니다. 거기다 치매라도 걸리면 가족 모두가 힘들어지는 것은 불 보듯 뻔하다. 또 이 사건 이후로 연세든 어르신들은 베르테르 효과처럼 뭐라 하는 사람이 없어도 본인 스스로 심리적 압박을 느꼈을지도 모른다.

한 부모가 열 자식을 다 키워낸다고 하지만 막상 부모가 늙고 연로해지면 열 자식이 한 부모를 못 모신다는 말이 있다. 특히 현대 사회에서는 이 말에 자신 있게 아니라고 말할 수 있는 사람이 없으니 더 쓸쓸한 노릇이다. 농경 사회가 아니고 눈만 뜨면 밖에 나가 경제생활을 해야 하는 사회구조라서 집에서 부모님을 모시는 자식을 찾아보기 힘든 세상이다. 그래서 부모라는 위대한 스승 앞에서 마음이 숙연해진다.

우리는 누구나 죽는다는 사실 앞에서 공평하다. 다만 그 시기가 좀 빠른 것이냐 아니면 좀 느린 것이냐 그 차이가 존재할 뿐이다. 이 공평한 사실 앞에서 우리는 천만 년을 살 것처럼 욕심을 부리면서 상대방에게 상처를 주고받으면서 어리석은 삶을 이어가고 있지는 않은지 새삼 내 삶을 돌아봐도 좋을 것 같다.

이상한 꿈

한번은 아침에 깨어났는데 간밤에 꾼 꿈이 영 이상하게 느껴졌다. 보통 큰 의미가 없는 꿈들은 깨면서 금방 잊히는데 그날 밤에 꾼 꿈은 이상하리만큼 너무 선명했다. 해몽을 위해 인터넷 검색을 해봤지만 참고할 만한 내용을 찾기가 어려웠다. 그리고 그날 밤 엄마한테서 전화가 왔다.

"내가 요 며칠 자꾸 이상한 꿈을 꾼다. 꿈에서 니가 배고프다고 울고 있고 니 동생도 힘들다고 울고 있고, 얼마나 어떻게 해보려고 해도 되지는 않고… 참 이상하다. 어디 아픈 데는 없지?"

"네에, 엄마~ 그냥 기운이 달려서 가위눌린 거예요."

"그래서 내가 꿈에서 깨서 관세음보살! 관세음보살! 하면서 빌었어. 그런데 하룻밤이 아니고 연이어 그런 꿈을 꾸니까 어떻게 해야 할지 모르겠다. 누구 오라고 해서 같이 잘 사람도 없고."

그렇잖아도 시골에 혼자 계시는 엄마가 늘 걱정이던 터라 말씀을 드렸다.

"그럼 엄마! 제가 내일 모시러 갈게요. 우리 집에 오셔서 한 이틀 주무시고 내려가시면 괜찮을지도 몰라요."

"그럼 내가 오늘 자고 일어나 봐서 괜찮으면 안 가고 또 그러면 니가 데리러 와라. 어쩌면 내가 신경과 약을 깜빡하고 요 며칠 안 먹고 자서 그런지도 모르니."

엄마가 경도 인지 장애가 살짝 시작된 상태라 여러 가지로 걱정돼서 오빠한테 카톡으로 엄마 얘기를 했더니, 내 카톡을 확인한 오빠가 곧바로 엄마에게 전화를 했다. 오빠랑 전화 통화를 끝낸 엄마가 잠시 후 나에게 다시 전화를 했다.

"야, 참 이상하다."
"왜요. 엄마?"
"니 오빠도 어제 이상한 꿈을 꿨단다."

그 얘기를 듣고 보니 내가 간밤에 꾼 이상한 꿈이 떠올랐다. 그래서 엄마한테 꿈 이야기를 해드렸다.

“엄마! 나도 실은 이상한 꿈을 꿨어요. 시골집이었던 것 같은데 엄마가 아주 맛있는 찌개 요리를 해놨는데 그걸 먹으려고 하니까 그 속에 머리 잘린 뱀이 둥둥 떠 있는 거예요. 그래서 참 난처해하다가 깼는데…”

내 말끝에 엄마가 그러셨다.

“실은 내가 3~4일 전에 아버지랑 할아버지 산소 가에 심었던 나무를 잘라냈어. 그 나무는 돌아가신 사돈어른이 아버지 묘소 앞에 심으라고 예전에 사 보내신 건데, 최근에 보니까 죽어서 영 보기가 싫더라고. 그리고 동네 사람들도 보기 싫다고 베어버리라고 하고. 또 마침 윗집 숙이 엄마가 연산홍 몇 뿌리 줄 테니 갔다 심으라고 해서 내가 묘지 가에 있는 나무를 잘라서 산에다 버렸어.”

엄마 말씀을 듣고 보니 뭔가 이상한 느낌이 들었다. 그리고 그날 엄마가 오빠한테도 나무 자른 얘기를 했다는데 오빠도 뭔가 찜찜하다고 일이 갑자기 꼬이기 시작했다는 것이다. 그날 엄마는 오빠

얘기까지 듣고 나서 뭔가 마음에 걸렸는지 평소 엄마가 다니는 암자 스님한테 전화를 걸어 어떻게 하면 좋겠냐고 물어봤다고 한다. 결국 스님한테도 명쾌한 답을 얻지 못한 엄마는 당신이 괜한 짓을 했나 싶어 걱정하는 눈치였다. 그래서 내가 엄마한테 다시 물었다.

"엄마! 혹시 그 나무 잘라서 어디다 놨어요?"
"그냥 산에 막 버렸어."
"그럼 낼 아침에 나뭇가지 버렸던 곳에 가서 나뭇가지 잘 정돈해주고 엄마가 하고 싶은 대로 예라도 갖춰주고 오세요."

본래 묘지 가에 있는 나무는 함부로 베면 안 된다고 알고 있다. 또 실제로 우리 집에서도 묘지 가에 있던 나무를 잘못 건드린 후에 안 좋은 일을 겪은 경험이 있었기에, 내 꿈에 보였던 머리 잘린 뱀이 나뭇가지가 아니었나 싶은 생각이 문득 스쳐갔다.

엄마는 다음 날 아침, 내 말대로 산에 가서 나뭇가지를 다시 잘 정돈해놓고 왔단다. 그런 일이 있고 나서 정말 거짓말같이 꼬였던 오빠 일도 잘 풀렸다. 그리고 엄마도 더 이상 이상한 꿈을 더 꾸지 않았다고 하니 뭐 잘 해결된 셈이다.

인간의 욕망의 끝은 어디일까?

산골 마을에서 태어난 나는 어려서부터 이런저런 일들을 많이 보고 들었다. 특히 겨울이면 마을 사람 중 몇은 산짐승이 지나다니는 산길에 올가미를 놓아 산짐승을 잡아 팔았다. 한마디로 일이 없는 농한기에 하는 돈벌이 수단이었다. 올가미에 걸린 산짐승은 토끼부터 고라니, 노루에 이르기까지 매우 다양했다.

어린 시절 기억인데도 나는 산짐승을 함부로 잡는 행위가 달갑지 않았다. 그래서 동네에서 산짐승을 잡았다고 아버지한테 먹으러 오라고 하는 것도 싫었다. 또 우리 가족들은 그렇게 잡은 산짐승을 좋아하지도 않았다. 그래도 마을 일을 하던 아버지 입장에서는 생각해서 부르는데 안 갈 수도 없는 난처한 상황인데도 가능하면 핑계를 대고 안 가는 경우가 많았다.

그런데 언젠가부터 마을에서 산짐승을 잡아 팔던 사람들이 그 일을 갑자기 그만뒀다. 왜 산짐승 잡는 일을 그만뒀는지 그 이유는 알 수 없었다. 그냥 간간이 풍문에 들은 이야기로는 산짐승을 잡으면 집에 우환이 끊는다는 말이 마을에 돌기 시작했다. 그런데 이번에 3박 4일 동안 엄마랑 지내면서 그 옛날에 마을에서 생긴 무서운 이야기를 듣게 됐다.

"너 어렸을 때였을 거야. 지영이 엄마랑 둘이 산에 약초 캐러 가다가 올가미에 걸린 노루를 봤어. 노루가 까만 눈동자를 굴리며 쳐다보면서 살려달라고 발버둥을 치더라. 그 눈빛이 하도 애처로워서 지영이 엄마한테 우리가 몰래 풀어주자고 했어. 그랬더니 지영이 엄마가 올가미 놓은 사람이 따로 있을 텐데 우리 맘대로 풀어주면 안 된다는 거야. 내가 어쩔 줄 몰라 부들부들 떨고 있는 사이, 지영이 엄마가 마을에 내려가 사람들한테 올가미에 노루가 걸렸다고 밀고를 한 거야. 지금도 그 생각만 하면…."

엄마가 살려달라고 발버둥 치는 노루를 보면서 이러지도 저러지도 못하는 사이, 지영이 엄마가 마을에 내려가 올가미 주인한테 올가미에 노루가 걸렸다고 알린 것이다. 그렇게 살고 싶어 발버둥 쳤던 노루는 그대로 마을 사람들의 제물이 됐다. 그런데 더 안타까운 것은 노루 뱃속에 새끼가 몇 마리 들어 있었다. 아무리 산짐승이라도 뱃속에 든 제 새끼를 얼마나 살리고 싶었을지 그 어미 마음이 얼마나 간절했을지 짐작이 되고도 남는 대목이다.

그날 마을 사람들은 노루를 잡아먹는 것으로도 모자라 노루 뱃속에 든 새끼를 통째로 삶아 먹는 짓까지 서슴없이 저질렀다. 노루 뱃속에 든 새끼는 남자에게 좋다면서 돈 많은 영감이 꽤 비싼 돈을 주고 사서 통째로 삶아 먹었다고 하니 인간의 부끄러운 민낯을 여과 없이 보여준 셈이다. 그런 짓들을 아무런 죄책감 없이 서슴없이 벌렸으니 마을에 재앙이 든 것은 뿌린 대로 거둔 셈이다.

그 당시 갑자기 마을 사람들이 죽어 나갔던 일은 나도 알고 있었다. 그때도 우리 아버지가 병원에 가야 한다고 해도 사람들은 병원보다 미신에 더 의존해서 죽어가는 아이 앞에서 굿을 하던 기억이 남아 있다. 그 이후로는 마을 사람들의 의식에 변화가 생겨서 아버지 말대로 아프면 병원에 가기 시작했다.

뿌린 대로 거두리라

온 마을에 재앙이 들기 시작하면서 여러모로 마을 분위기가 편치 않던 시절이었다. 그러다 보니 한동네 사람끼리 싸움이 붙기도 하고, 또 어느 한 사람을 따돌리는 분위기까지 감지되었다. 그런 중에 사건이 터지고 말았다.

"아래윗집에 사는 아줌마들끼리 싸움이 붙었었잖아. 싸움이 났는데도 다들 쳐다보기만 하고 누구도 나서서 말릴 생각을 안 하는 거야. 가만두면 누구 하나 죽겠구나 싶어 내가 나서서 말리러 들어갔지. 그 순간 독기가 오를 대로 오른 현이 엄마가 힘껏 휘두른 팔꿈치가 내 콧대를 정통으로 가격한 거야! 순간 둑이 터진 것처럼 피가 사정없이 쏟아지는데 양동이로 쏟아 붓는 것처럼 느껴질 정도였어."

처음에는 단순 코피려니 생각했는데 상황이 예사롭지 않았다. 집에서 소식을 듣고 달려온 아버지가 바로 119를 불러 엄마를 병원으로 이송했다. 병원 응급실로 들어간 엄마는 콧속에서 끊어진 핏줄을 전기로 지지는 치료를 받았다. 그때 엄마가 조금만 늦게 병원에 도착했으면 몸속에 있는 피가 너무 많이 빠져나가서 자칫 회복이 어려울 뻔했다고 한다. 상상만 해도 너무 끔찍한 일이 우리 가족을 스쳐갔다.

그런데 그 일이 있기 전날 밤에 꾼 엄마의 꿈이 예사롭지 않았다고 한다. 엄마는 당시의 기억을 더듬어가며 꿈 이야기를 해줬다.

"내가 그 일이 있기 전날 꿈을 꿨는데 죽은 사람들 몇이 검은 상복에 짚신을 신고 우리 집에 와서는 나를 새끼줄로 묶어 데려가겠다는 거야. 그래서 내가 무슨 잘못을 했냐고 제발 살려달라고 무릎 꿇고 싹싹 빌다 깼거든. 그땐 그냥 이상한 꿈도 다 있네 싶어 신경을 안 썼던 거지. 그런데 그런 일이 생기니까 섬뜩한 생각이 들더라."

"아이고 엄마 돌아가실 뻔했네요. 그래도 꿈에서라도 싹싹 빌어서 죽지 않고 살아난 거네요."

엄마가 다음 이야기를 이어갔다.

"그 무렵에 노루가 올가미에 걸렸다고 밀고했던 지영이 아버지가 갑자기 뇌출혈로 쓰러져 돌아가셨어. 그리고 올가미를 놨던 집에서는 갑자기 황소가 죽었지. 그리고 노루 새끼를 삶아 먹은 집에서는 밥 잘 먹고 놀던 4대 독자가 갑자기 창자가 꼬여서 죽었지. 그리고 두어 달 있다가 그 할아버지도 시름시름 앓다 죽었어. 또 노루를 도살한 집도 우환이 끊기 시작하더니 부부가 다 안 좋은 일을 당했어."

엄마 이야기를 듣다 보니 어린 시절에 있었던 일들이 생각났다. 오래전 일이라 새까맣게 잊고 있었는데 그때 마을에서 있었던 안 좋은 일들이 하나씩 기억이 났다. 나는 그 당시엔 노루 사건은 전혀 모르고 있었다. 왜 갑자기 마을에 이런 일들이 생기는 걸까 싶기는 했었다. 정말 소름이 오싹 끼치는 이야기다.

응급 치료를 받고 돌아온 엄마도 한동안 콧속에 있는 핏줄이 다시 끊어져서 고생을 많이 했다. 간간이 병원에 가서 핏줄을 지지고 와야 했으니 말이다. 콧속에 있는 핏줄을 많이 지져놓은 탓에 엄마는 지금도 냄새를 잘 못 맡는다. 그리고 콧속에서 머리로 연결되는 핏줄을 지진 거라서 항상 기분 나쁜 두통에 시달리며 살고 있다.

"그래서 산짐승을 함부로 잡으면 안 되는 거여. 나는 지금도 그 노루를 살려주지 못한 것이 영 마음에 걸리고 미안하더라. 그리고 새끼를 가진 어미 마음은 사람이나 동물이나 매 한 가지 아니겠니. 그리고 무엇보다 아무리 하찮은 미물이라도 함부로 죽이면 안 되지 암만."

엄마는 그 일이 있은 뒤부터 곡간에 든 쥐새끼도 잘 못 잡았다. 또 우리 집은 본래 살생을 워낙 싫어하는 집안이라 제사에 쓸 닭 한 마리도 산 닭을 사는 일이 없었다. 지금 다시 생각해도 그때 엄마가 마을 사람들한테 욕을 좀 먹더라도 조금만 더 용기를 내서 그 노루를 혼자라도 풀어줬더라면 하는 아쉬움이 남는다.

이 우주에는 다양한 생명체들이 함께 살고 있다. 여기서 한 가지 분명한 사실은 우리 인간도 자연에서 왔고 현재도 자연의 한 부분으로 살아가고 있다는 것이다. 그래서 인간이 아무리 문명을 정복해왔더라도 자연을 함부로 착취하거나 훼손해서는 안 되는 것이다. 자연을 정복하려 하기보다는 자연의 순리에 맞게 꼭 필요한 만큼만 취할 줄 아는 겸손함을 갖춰야 할 것이다.

조서정 산문집

엄마를 팝니다

1판 1쇄 발행	2024년 4월 30일
1판 2쇄 발행	2024년 6월 15일
지은이	조서정
발행인	윤미소
발행처	(주)달아실출판사
책임편집	박제영
편집위원	김선순, 이나래
디자인	전부다
법률자문	김용진, 이종진
주소	강원도 춘천시 춘천로 257, 2층
전화	033-241-7661
팩스	033-241-7662
이메일	dalasilmoongo@naver.com
출판등록	2016년 12월 30일 제494호

ISBN 979-11-7207-011-3 03810

* 잘못된 책은 구입한 곳에서 바꿔드립니다.
* 책값은 뒤표지에 표시되어 있습니다.
* 이 책은 대전문화재단, 대전광역시에서 사업비 일부를 지원받았습니다.